//榆林颂

——中国诗人采风行

《诗刊》社
《中华辞赋》杂志社 主编

春风文艺出版社
·沈阳·

图书在版编目（CIP）数据

榆林颂：中国诗人采风行 /《诗刊》社，《中华辞赋》杂志社主编 . -- 沈阳：春风文艺出版社，2025.3. -- ISBN 978-7-5313-6924-0

Ⅰ. I227

中国国家版本馆 CIP 数据核字第 202519CJ13 号

春风文艺出版社出版发行

沈阳市和平区十一纬路 25 号　　邮编：110003

辽宁新华印务有限公司印刷

责任编辑：孟芳芳		责任校对：赵丹彤	
封面设计：郝　强		幅面尺寸：145mm × 210mm	
字　　数：209 千字		印　　张：9.875	
版　　次：2025 年 3 月第 1 版		印　　次：2025 年 3 月第 1 次	
书　　号：ISBN 978-7-5313-6924-0			
定　　价：68.00 元			

版权专有　侵权必究　举报电话：024-23284292
如有质量问题，请拨打电话：024-23284384

目录

卜寸丹
    聚仙阁——赠采风团诸诗友 / 001
    蓝花花 / 001

三色堇
    陕北记事（组诗）/ 003

马 行
    小米诗记（组诗）/ 012

王久辛
    李自成行官考 / 018

王计兵
    榆林组章 / 020

王 冰
    杨家沟短章 / 033

车延高
  榆林行纪（组诗）/ 036

邓诗鸿
  塞上曲（组诗）/ 043

石　厉
  榆林的羊 / 052
  米脂的传说 / 053
  曙光就在前面 / 055

北　草
  窑　洞（组诗）/ 061

田　湘
  太阳就要落山了（组诗）/ 071

冉　冉
  在陕北（组诗）/ 085

白万能
  纸缸缸里度春秋（外四首）/ 092

向　阳
  向米脂婆姨敬礼 / 096
  李自成行官断想 / 098
  参观杨家沟有感 / 098

刘雕和
　　榆林怀古（组诗）／100

安海茵
　　榆林诗章（组诗）／106

许　震
　　榆林诗行（组诗）／112

李纪元
　　黄天厚土（组诗）／123

杨　岸
　　榆林行（组诗）／131

杨剑文
　　榆林笔迹（组诗）／141

杨　贺
　　信天游（组诗）／150

杨献平
　　榆　林／155
　　米　脂／156
　　高西沟／156
　　杨家沟革命旧址纪念馆／157
　　绥德石魂广场／158
　　陕北小米／158
　　日落时分的榆林／159

谷　禾
　　走榆林（组诗）/ 160

狄力木拉提·泰来提
　　机翼下的榆林（组诗）/ 166

张晓雪
　　砍头柳 / 172
　　米脂谷穗 / 173
　　陕北民歌 / 175
　　佳县红枣 / 176
　　石　狮 / 178
　　回人间 / 179

张晓润
　　榆林：素描与彩绘的另类表达（组诗）/ 181

陆　健
　　榆林之诗（组诗）/ 192

林　珊
　　赤牛坬有寄（组诗）/ 203

尚仲敏
　　榆　林（组诗）/ 208

周文婷
　　狮子军团（组诗）/ 212

贺林蝉

  在黄土高原（外一首）/ 215

耿　翔

  榆林道上（组诗）/ 220

钱万成

  榆林短歌（组诗）/ 237

徐小泓

  黄河边上，我热泪盈眶（组诗）/ 245

郭晓晔

  唤一声榆林（组诗）/ 251

郭新民

  走马榆林（组诗）/ 259

彭惊宇

  榆林诗章（组诗）/ 268

韩万胜

  红碱淖抒情（组诗）/ 277

晴朗李寒

  榆林诗絮（组诗）/ 290

谭五昌
用民歌擦亮翅膀的陕北（组诗） / 297

霍竹山
**榆林写意（组诗） ** / 304

卜寸丹

聚仙阁——赠采风团诸诗友

我们到来之前，万物早已星辰有序
诗人们是一颗颗星
璀璨，自负，怀抱小小的忧伤，人世之殇
他们的光芒落在世间的物事
他们的句子便扇动翅羽，鱼贯而出

所有的爱，坦荡如大地
楚天平阔，时间终将是我们，是苍茫与见证

蓝花花

她们站在黄土地上
站在凛冽的风沙中，在贫瘠中
繁衍生命，丰沛的绿，她们是

榆林颂

浩荡的黄土,是
悲悯,是田间地头那朵
蓝格英英的蓝花花
是我对西北所有母性的意象
是黄土里长出的情爱,俗世的精魂
是我的姐妹
喊出的那一支歌,柔情似水
一朵一朵,成为诗行里最坚实的结构之核
是,爱之根

三色堇

陕北记事（组诗）

米脂婆姨

小米色的皮肤
被裹在蓝花花的头巾里
她们不再是碾子旁的女人

树梢上的红枣，坡地上的红高粱
窗花上的红剪纸
糜子秆上挂着的清亮亮的露水
还有那双，牵着清晨与黄昏的手
都有一些特殊的经历

众多的花色，被挤进时间里
丰饶的身段，火中的木柴
每个人的心里都有一个山一样伟岸的男人
爱，和暮色一样好看
春风也压不住她们的美

榆林颂

绥德石狮

像一个个有棱有角的汉字
耸立在广场中央
它们云朵一般的螺髻下
呈现出一个民族的力量与威严

它们浑圆,坚挺,眼睛放光
我与它们对视许久
它们的高大,并没有让我惊慌失措
其中一个石狮,身高 19.5 米
由 117 块石头雕刻而成
铜铃般的双眼,目光犀利
容不得半点邪恶的沙粒

它站在大门口或者街道边,其意义
超过了任何比喻
我确信,它能撼动朔风
也能在怒吼的时候,惊动一座城
它的雕刻师一定是一位棱角分明的
绥德汉子

有着一头浓密的乌发

爱恨与悲喜都刻进了这些坚硬的事物中

沙漠里的玫瑰

她们生长的年代，一定是纯真的

尽管时间埋到胸口

我依然记得，毛乌素沙漠最深处的脚印

如同砂砾般的某个细节：

女子民兵治沙连五十四朵玫瑰的青春

与小米，馍馍，土豆

一起被大漠里的风沙所肆掠

风吹着朝露，数不清的日落

吹着她们嘴里的黄沙

她们用汗水浇灌的獐子松，柠条，花棒，侧柏

一直努力地生长着

北方的月亮照耀着她们带血的手指

和蓝花花头巾

照耀着她们单薄的身影

榆林颂

习惯了被刀子般的风刮乱长发
她们，不在乎被粗暴的风掀翻饭碗
我愿意将这些姑娘比喻成沙漠里的
红玫瑰
在风沙线上饱经风雨的肆虐，她们
比毛乌素沙漠更倔强

四十年过去了，沙漠早已成了福泽之源
我一再确认着脚下绿色的林海
开满紫色花朵的马鞭草，兰花花，欧洲菊，向日葵……

赤牛坬的红高粱

不断让秋色加深的红高粱
举着陕北的红高粱
穿越黑夜，铆足劲生长的红高粱
让我第一次见识了赤牛坬
火红的沸腾

这些爬满了山谷与土崖的火焰
炙烤着我的嘴唇，脸颊和九月的词语
仿佛正在等待被外婆和琐碎的日子来恩典

我倾听着风吹叶片的沙沙声
像听它们无穷无尽的倾诉

我抖掉一身的疲惫
写下关于大山与谷物的重量
哦,赤牛坬的秋天,红色的记忆
越来越近

秋日里的向日葵

这些站在秋天里的向日葵
正在等待,被砍下头颅的向日葵
像是一场筹谋已久的盛会
阳光紧紧搂抱着它们枯黄的躯干
也搂抱着我

远处的山峦,清风荡漾
我用手指轻轻托举着它沉重的头颅
彼此都有着不一样的相遇
我比文森特,更加投入
我知道,低着头颅的向日葵
内心一定隐藏着忧伤

榆林颂

它们是否看到一个手握词语的人
为它递上,与众不同的笑脸
它们站在陕北大地上
无疑将有一场金色的风暴
这泼天的炫目啊
必将会等来一场大雪与一个手持画笔的人

立秋之后

立秋之后
山顶漫过来的雾气
跟着我,像是一个随从不肯散去
我听到风与时间的摩擦声
和渐渐变小的脚步声
它们穿过墨绿色的远山和
依然有些滚烫的屋顶

打开一部小说的扉页
点燃一支薄荷香烟
跟着作者虚构的情节一步步走进去
在荒诞的故事前停下来
每一个场景,都傲慢地接受着我的敬意

我用力推开小说让人悲叹的结局

秋意，像一场火灾从远方生起

一枝谷穗的叙述……

我不确定一枝谷穗是如何成熟的

它是怎样挤破了秋天的虫鸣

在浅褐色的叶子中

那弯着的腰身

带着一个世界的全部的重量

在秋天的腹地，喂饱诗人

我不准备去怀旧

我喜欢与一棵谷子站在一起

站在陕北的田野里看一只山雀，小偷一样

蹑手蹑脚，惊慌而忙碌地啄食谷粒

不要像驱赶黑夜一样地

驱赶它

这是有着救世主般仁慈的外婆嘱咐过我的

落日正从远处的山峁滑下来

在高西沟

榆林颂

我紧紧搂抱着颤抖了一天的谷穗
像搂抱着我钟情的生活

红碱淖

九月的红碱淖已经有了凉意
风吹过我的薄衫,像吹过某个事件
我在沙漠最大的淡水湖岸边的木椅上
坐了下来
它那丝滑的水面,跳跃的光斑,稠密的涌动
一再,诱惑着我的诗句

我看到湖水里有晨曦漏下来的另外一个天空
正挪动着白云,慢慢向岸边飘来
这与我途中遇到的任何一个湖泊都有所不同
鸻鹬用清脆的鸣叫瞬间划破了我对湖水的怜惜

我把手伸进水里
触摸着世上最好看的蓝
时间站在远处,静默地打量着
三三两两遗鸥在细浪上方的飞翔
和微微颤动的美

此后，我会不断打探它的消息
被蓝洗亮的风从身边碾过
一个不善言辞的人，正用陕北方言
在湖边哼唱高亢的信天游

榆林颂

马 行

小米诗记（组诗）

黄河岸边的信天游

每一个俗世都有白云的影子
每一朵白云走着走着，都成了信天游

在行驶的中巴车上唱一曲
在高山上的老柳树下唱一曲
在一本刚刚打开的民俗图册中唱一曲
在星光的记忆中唱一曲

河东玉米，河西小米
老船工，溯流而上的大木船上
也有一曲信天游

黄河，天上来的黄河水啊，因为听到了信天游
相信了信天游

它大胆选择：由北向南流

米脂小米

米脂女子种下米脂小米
米脂小米养大米脂女子

米脂女子是月亮上的窈窕女官
米脂小米是星星上的点点灯油

春到了，米脂穿上青线线
秋来临，米脂爱上黄线线

剪张窗花呀，让光阴红艳艳
做个布老虎，让人间多平安

东山的寂寞是米脂小米
西山的思念也是米脂小米

加个微信吧，我扫了扫米脂小米的二维码，提起背包
来到下山的小路上

榆林颂

旱　柳

冬去春来，天生我材
守生死不渝，守侠肝义胆

守在沙漠，你就是绿洲
守在长城，你就是镇北台
守在塞外，你就是大路

你所知道的比寻常人要多得多
你所承受的磨难同样比寻常人多得多
你从老态龙钟中拔出新枝
你从命运的伤疤中再发新叶

当你摇动最老的天空
当你把群星释放
再荒凉的大地，也能找到希望

生命痴情，光阴骄傲
尽管风沙退了又来
尽管一年年的伐木刀会落下，你啊，照样生生地
活成人间侠客

铁葭州的枝头上

鸟儿飞过
有人竖起梯子爬上去
看风儿吹来
叶子只能青了又黄

多少次回首
童年是一棵枣树
少年是一棵柳树
幸福是一棵杨树
梦境是一棵榆树

此时,举目远眺
红枣挂在枝头
秋天挂在枝头
白云挂在枝头
悬崖峭壁上的人家
布达拉宫一样的黄河小城
挂在枝头

枝头之上,时光和命运是一条峡谷
峡谷是最古老的河流

榆林颂

白云观

黄河边上白云山
白云山上有白云观

咚咚咚,白云观的
钟鼓声是褐黄色
嘎嘎嘎,白云观大雁的
飞翔是星蓝色

白云观很近
又很远,黄河在此修行
黄土高原在此修行
地球上最美的窑洞在此修行
当然,白云也在

黄河不回首
风月就没有围墙
拾级而上,我给明天的太阳
抽了一签,第四十三:
日出扶桑

马家寨的红枣树

马家寨从翻开的村志中走来
远望是三百里山川
走近了,是一棵一百一十岁的枣树

秋来了,枣子就红了
羊群到山梁那边去了,枣子就红了
年轻人从城里回来了,枣子就红了

马家寨的枣子
可神奇了,可通天
有一个枣子,就有一朵白云
有一个枣子,就有一片蓝天
有一个枣子,就有一条小河

月亮升起,星星不甘落后
纷纷从红枣树上,从一个个枣子里跳出来
跃上夜空

榆林颂

王久辛

李自成行宫考

一道蓝光闪过之后,李闯王
攻占了长安。他上钟楼背剪手
转了三圈儿,立住。向西瞭望
两道目光射出,然后回身
对亲侄儿说:成了!侄儿子
回承:明白。转勾子回了米脂
再之后,便有了这座行宫
沉甸甸,有如泰山。却是在飘
一个劲儿地飘,轻轻地飘
比那道蓝光还轻,竟然飘进了
闯王的心里。进的时候,就轻
轻得没有感觉。进去之后呢
却是沉了。越来越沉,如影
随形的沉。且始终吊在心上
闯王怀揣这座行宫,朝思暮想
三宫六院七十二妃,五魁首呀

跟着走啊！这念想时刻紧跟
一刻不停地跟着他走，包括
他的梦，也跟着他梦。白天的
一寻思，深夜的一惊梦
都有它的山岳潜行。成了，他说
于是乎这座行宫，就落他心上了
泰岳般稳如磐石，且不可一世
端端正正，我落在他心的中央
包括他南征北战，纵马驰骋时
这沉重的行宫，须臾不曾离开
压力山大！他哪里知道
人啊，一旦有了寻私的贪欲妄想
就无法摆脱华光霓彩的糜烂幻象
果然，这座行宫是留了下来
而那道蓝光，则幻化成他必败的
铁证——他李闯王的头颅
此刻，又一次撞响了警世钟
在历史天空与世人的心头，回响

榆林颂

王计兵

榆林组章

透过舷窗

飞机正在下降
大地布满花纹
一朵一朵的云
像是地上生长的植物
又像历史没有散尽的硝烟
秋天的外套缀满图腾
一道道丘壑像卧蚕
在翠绿之上

让我意外的不止这些
我看过《血色山谷》①
那些西北汉子
在烟尘飞扬的山谷

---

①《血色山谷》：一部黄土山谷抗战片。

血性抗战。那些黄土
每一寸都曾渗着血

把地球分了

这人间没有绝对的公平
把地球分了
每个人平均得到相等的一块
世界可能会更残破
在榆林地下
每天有八万人
一镐一镐挖掘煤炭
像内燃机的核心
才有了持续奔跑的榆林

在东方红阁楼顶拍照

中午的光线
被飞檐覆盖
从任何角度
每个人的脸庞
都幽暗不清

榆林颂

在黄河面前
没有人能显得明亮
我们暗下去
像一盏盏备用的灯
被黄河的手臂提着

木头峪古镇

革命老区的墙上
随处都能遇见已经逝世的人
历史的先贤和革命的先烈
当他们的生命结束于 1949 年之前
我会感觉到一种悲苦
卒于 1949 年之后
心里又会获得一种欣慰

赤牛坬的保安

要有多么足的信心
才会任命一位
只有一只手的人为保安
在赤牛坬遇到一位

一只手的保安

微笑和笑是他全部的装备

并把装备分发给

每一位游客

还有什么能比得过笑

更让人感到安全

一只手的保安

像赤牛坬层次分明的山

如同神的一次信手拈来

步　伐

李自成行宫的台阶

是我目前游历过的所有建筑里

最陡峭的台阶

也正好契合我内心

对李自成的印象

一位农民领袖

自然要有大踏步的姿态

就像我，一个外卖骑手

正常的楼梯，总是习惯

每一步都跨两个台阶

榆林颂

高西沟

那么大的山上
只有那么点的小树
山和树并不着急
该黄的叶子在黄
该种的幼苗在种
那些斜坡上的房子
和群山保持着微妙的平衡

一粒一粒的沙
聚在一起就是沙漠
一个一个的人
聚在一起就是人海
在高西沟
每一个胚芽都经过浴火重生
人海和黄沙对峙了六十年
高高在上的黄沙
一粒一粒臣服于
激情燃烧的岁月
从沙进人退到人进沙退
亘古的荒山变果园

站在杨家沟的山冈上

突然明白了很多事情
比如山为什么陡峭
路为什么蜿蜒
比如,人生
为什么起伏而曲折

再陡峭的山
也会有一片平地
留给窑洞
或是几株
需要落果的枣树

有些事需要抗争
有些事,需要放下
还有一些事像黄土
用最柔软的方式
也能成为山峰

榆林颂

群　山

真正的群山
山峰林立
却不隔断道路
蜿蜒的路
也是真正的路
正好契合
我对山路的预期
就像我一直认为青布鞋
才是真正的鞋
无须鞋油和擦布的辅佐
当双脚沾满灰尘
拍一拍
就能重新上路

平凡的世界

断壁鹤立，草木丛生
山冈绵延不绝
没有一寸土地被空置
无处不生的草

让人容易联想到草民
草民又如何，唯有草民
才能在每一寸土地扎下根来

一些未完成的窑洞
有的被废弃，有的刚刚开始
每一孔窑洞
都是一些人的想法
这里的黄土
容许所有崭新的想法
也容许所有的想法戛然而止
却从不会让谁无家可归

边走边尝

秋天顶着三七开的脑袋
七分留给果实
三分留给黄叶
我们到来得正是时候
大枣红得铺天盖地
脆甜爽口
我特意在枝条的末梢

榆林颂

寻找几颗青青的小枣
我想品尝到果实酸涩的部分
想知道这些果实
在抵达甜蜜之前经历过什么
结果出乎意料
时至今日
所有的果实,都是甜的

女子治沙连

大地最初
一直板着脸
你给它青枝,它扬沙
你给它清水,它扬沙
那些定格的塑像
仍然在风中拼尽全力
往事如沙

五十四枝塞上柳五十年
有些眼泪
因为沙子眯了眼
有些不是

她们种活的不仅仅是树
还有一个民族的根
新一代的女兵
延续着当年的年轻

一个决定,一生践行
十五任连长,三百八十位女兵
一代一代人把绿洲推进四百公里
迎风站立的
既有砍头柳的悲壮和沧桑
也有小白杨的从容和挺拔

我以为是女兵
实际上是女民兵
就像那紫色的花海
我们都以为是薰衣草
实际上是马鞭草

一句"等我老了"
我们来时
她们竟真的老了
在出口处

榆林颂

我们遇到了一群老人
我也和她们说"等我老了"

在红石峡

一块石头悬空
就有一块石头落了地
一块石头失踪
就有一块石头成佛
在众人面前
我也是一块
无法定义的石头
给所有的神
逐一跪拜,不许愿
父母的一生
尚有太多的愿
没有兑现

在对面回头,我又看见
一座山的千疮百孔
和那些伤口一般
进进出出的人

圪梁梁

那些纯粹的黄土

居然可以耸立得那么高

黄河向南，车队往北

靠窗远眺

一个出现在山路上的人

牵着山在走

群山跟在他身后

低着头

像一群顺从的牛

夕阳逐渐变大

在群山的缝隙里时隐时现

如同一顶遗落的草帽

如果我能戴上它

肯定也能唱出一曲曲

粗犷奔放的信天游

听陕北民歌想到的

月亮开始是红的

后来由黄变白

榆林颂

仿佛是爱情
风还在磨着屋檐
你在磨牙
这咬牙切齿的爱
再不挥霍就钝了
我们都会越来越慢
像月亮越来越弯
弯着弯着就到了尽头

王 冰

杨家沟[①] 短章

一

那些雪白的山顶

那些戴着帽子的孩子

那些穿着花格子棉袄的婆姨

那些绾着羊肚肚手巾的汉子

跟我一样，很早就期待这样一场雪了

面对大雪，站定了

我们可以学着一个人的样子

叉腰站立，对着满原的大雪

吟一首诗，或者填一首词

[①] 杨家沟革命旧址，依山而建，现保存较好的旧址有毛泽东、周恩来、任弼时、张闻天、胡乔木等老一辈无产阶级革命家旧居，也是举行中共中央"十二月会议"、西北野战军高级干部军事会议、中央前委扩大会议、庆祝宜川战役大捷大会、东渡黄河动员大会等重要会议的旧址。杨家沟革命旧址，是中共中央机关、中国人民解放军总部转战陕北、走向全国胜利的出发点，在中共党史和中国革命史上占有重要地位。

榆林颂

也可以什么都不想
只是静静享受着这没有硝烟和炮火的平静时光

二
对面是壮士
拿着大刀和长枪
即使这么多年过去了
我还是不想与你分别
但我们终究还是渐行渐远了
只是不知道
我一次次寄送给你们的那些写满敬重的邮件
你们收到了吗

三
那时候,有些脚步还是幼小的
却依然可以背着文件和长枪
行走在这些纵横交错的路上
但为何你们穿过对面的高地
就消失了
让我再也找不到你们更多的踪迹

四

也许那时候,你们就想

等到夜晚,穿过那一片黝黑的树林

去看那些灿烂的朝霞

去欢乐,甚至去喧嚣

然后在枝叶间搭起帐篷

驻扎下来

跟如今的我们一样

可以无缘由地随便去歌唱些什么

或者只是对着高山

毫无顾忌地去大声欢呼

五

我喜欢在清幽的晚上

去看那些风霜和星辰

去看大步走来的那一群人

从烟熏的土冈

走到了西柏坡

又从西柏坡走到了北京

榆林颂

车延高

榆林行纪（组诗）

谷　穗

是太阳给的肤色
低头，绝不是谦卑
它是给养育了自己的土地鞠躬

知道成熟后的谷穗再重，也重不过脚下的
土地

他相信谷穗在喂养日子
给干活的、挣钱的人长出一身劲儿
却被挤在市场的边角，换不回应有的价值

所以惭愧地低下头
觉得自己对不起那些把汗珠子摔碎的庄稼人
更对不起
从不知抱怨的土地

米脂婆姨

喝了多少南瓜汤小米粥
采了多少的黄花蜜
才有这么一双眼

米脂婆姨
美美的身段就是庄稼
一双手,可以把黄土掰成馍馍

米脂婆姨
手巧,就是自己的嫁妆
剪贴在门窗上的"囍"字
揭下来就是一床被褥,能翻开
以后的日子

米脂婆姨
头顶有一条黑色的河流
进去洗洗
男人愿意淌更多的汗

榆林颂

龙头山的梯田

能让山峁峁变成梯田
就能把庄稼种到山峁峁上

能在山峁峁垦田的人知道饿肚子的滋味
就知道民以食为天

能在山峁峁垦田的人,不仅要把饭碗
端在自己的手里
还知道城里有那么多张口
知道非洲有很多娃娃在饿肚子

他们舍得力气和汗珠子
把庄稼种到了与天齐高的地方

能在山峁峁上垦田的人知道土地金贵
就舍不得土地撂荒
他们把土地供奉在头顶
让种田的好把式站在土地的最高处
让谷穗接受太阳加冕

镇北台

站在镇北台远眺,无狼烟
也不见熟悉的炊烟
江山稳固,草木不惊
炊烟已被全新的生活方式取代

返回时,看那棵砍头树
总感觉树和古老的长城在对白某种因果

长城坚固,阻止了杀戮
砍头柳还记不记得当年的疼痛

怕有好了伤疤的麻木
更怕自信到徒有虚名的盲目
一旦丢了初心和使命,就等于信念坍塌
会重复野蛮的屠城和杀戮

生灵涂炭
就是大好河山咀嚼一棵柳遭受过的痛

再看镇北台,垛口上的望孔、射口、悬眼依然警惕

榆林颂

我不可能比一块砖存在得长久
更不及一块砖背负的承重

突然感觉：人不可看重自己
但要看重担负的责任

就像这镇北台
经风历雨，并非无所事事地站着
它越是一语不发，越能振聋发聩
因为驮负的历史和未来
太重

隆起的脊梁

治沙引水，把梯田修到梁上
种草植绿，土塬山峁不再荒凉
黄河水小米粥喂大的榆林汉子
有钻天杨的腰杆杆
有黄土塬隆起的脊梁
能背着黎明爬山越岗
一锄，挖出颗金灿灿的太阳
春时，当一粒种子
冬日，比一堆炭火更旺

实景剧

当年生活场景的再现
是记忆对丢失的珍贵片段慢慢钩沉复原
骡马的蹄音来自音效
那些拉牛扛锄出工的人去不了田埂地头儿
知道是在走过场，过场就成了戏份
是眼下的又一种生活方式
就像那些打夯的人，把自己的土地当成舞台
汗滴跟着力气喊号子
一股脑砸在有烟火味的艺术上
都成了迎亲的人，等摇花的轿子走过来
秧歌手舞足蹈，跟着一只唢呐踩鼓点
空摇的纺车成了道具，云
堆在头顶
是梦想成真的棉
堆在场院的南瓜是真的
垛在一起的谷穗是真的
挂在窑洞两边的辣子和玉米也是真的
赤牛坬已经是一片热土
我在这里看见农耕艺术抓铁留痕的根
我不是种庄稼的人

榆林颂

我知道有了根就能好好活着

我也知道

要薪火相传地活着,还要留好种子

邓诗鸿

塞上曲（组诗）
——榆林诗抄

塞上曲

风吹衣单，一枚漂泊千年的瘦骨

于万里烽烟的断章处

在乡愁的怀抱里还魂

鸣镝无声，月光漂洗的故园

恍若，锈蚀千年的箭镞

穿越南北回归线，蹑手蹑脚地

轻拍窗棂，涤荡着

雪染的双鬓，与故人

当落日，动用蓄谋已久的苍茫

擦拭着行囊、铠甲和征尘

一行孤雁，潦草而苍凉

却无法抵御漫卷的黄沙

蚀骨的雁鸣，和乡愁的狼烟

榆林颂

月孤悬，人伫立，马嘶鸣……
一曲断弦的琵琶，弹奏着
嶙峋的傲骨，和凌霄一赋的诗篇
让我在一钩冷月中，浮世点墨
煮酒论剑，策马狂奔……
落日熔金之时，终于停下了
诗篇中，象征性的哭泣
面对乡愁的雁阵，和汉字的马群
我必须再次躬身

风吹千山，天高地迥，江平野阔
盛放出日月、星辰、稻黍
和炊烟，也释放乡愁和闪电
我的部分青春，依然固守着
坍塌的旌旗、瘦骨和狼烟
一次次，推迟着落日将落
等同于推迟了塞上的苍茫，和辽阔
但我并不遗弃它们，在一首小诗里
动用炊烟，安下它痛苦的心

当时光轻启，雁鸣在狼烟中折返
古道上，必将迎来新人

他们埋首于滂沱的血泪之中
承受着旌旗的召唤,狼烟的
敕封,和落日的加冕——
在城墙的坍塌处,将自己
轻轻地砌了进去,恰似日落月升
又一个生命,为你轮回……
这瞬间的惊鸿,于万木霜天中
轻轻探出头,但千年的雪
落下,却没有一点回声

风吹江山,风吹浮世
一轮明月,吹皱笔下的春秋
像高悬天际的,一滴残墨

蓝花花

圪梁梁上的一朵蓝花花
发髻轻绾,裙裾飘逸
羞红的脸颊,瞬间就翻过
诗歌的斜坡,一对毛眼眼忽闪
扇动着唐诗的帝国,和宋词的落日

榆林颂

青草枯萎,黄沙漫卷
如果我按下心跳,黄河就可能
停止惊涛,诗词中的留白
必将被一行归雁所替代
一行归雁,不知楚汉
和魏晋,代替壮阔的高天
把胄甲和落日,一一眉批

崖畔畔的一朵蓝花花
扑闪闪的睫毛,掀动着
猎猎作响的旌旗,晶莹莹的泪光
孤绝、高耸,释放出惊寒的乡音
令匈奴杀伐的马队,在被蓝花花
点拨过的长风中,缓缓钩沉

镇北台

登台远眺,秋雁南去,诗意徜徉
每一个栉风沐雨,登高怀远的人
都胸怀草木、春秋,和故乡
青山嶙峋,大漠苍凉,笔意阑珊
对于万物固有的生存秩序

我无权过问；一枚横吹的残阳
不会更改，横断天涯的余韵
但可能加剧，一个自由落体的灵魂
在镇北台上的剑气崔嵬
横绝甘陕，气压漠北……
其间沧浪，若浮云空对
飞鸟无痕，却拣尽寒枝
顾影自怜

高台之上，落日是最轻的诗——
明月，在此展开山川、大地
流水和故园；一曲残笛
惊醒了梦中的，山河故人
一片月光，悄悄压弯了
草长莺飞的星群
千年之后，望断多少黄沙戈壁
大漠孤烟；而你已经飞过
星辰璀璨，若一瞥惊鸿
千年岁月，残留尚未燃尽的余温

落日将落，千年塞上
打开红尘的烟笼危崖

榆林颂

将胸膛的,万壑惊雷
在诗篇中轻轻按住

毛乌素沙漠

一只苍鹰,毫不犹豫就闯了进来
凌云的翅膀,撩乱了毛乌素的大漠孤烟
舒缓,低翔,自由而从容……
——莫非,它试图丈量天空的长度
宽度和广度……一只苍鹰
它的渺小和巨大,最终
沉陷于毛乌素,越来越深的褶皱

一片苍凉、寂静和冷
一只鹰,默默无语
进入生命中的低语,与梵音
唤醒流水、长天,和落霞
弥漫的黄昏,静默的万物
紧紧地,覆盖住一双
年少轻狂的翅膀……

长风,加紧了它的凛冽

四周的群山绵延，退远……
一望无垠的空旷，与霜冷
浩大，漫向虚无的天际——
一小片毛茸茸的叶子，扑闪着
蒙尘的睫毛，一种微不足道的力量
慢慢地靠近，靠近……
一些温暖的叶片，这细小生命
一下子被我记住

圐 圙 ①

掌上的秋天，肆意而孤单
释放出小米、荞面、土豆
和红薯家族，温柔的部分
微风过处，泄露了
圐圙的顾盼、回眸，与眷恋

清涧的石板是瓦窑堡的碳
米脂的婆姨是绥德的汉
此刻，月光返回了内心

---

① 圐圙、圪坨、饸饹、碗托和抿节均为陕北榆林美食。

榆林颂

雁阵收拢了翅膀
以便,把空出的高天
留给上苍,留给大地上
世袭的忧愁,和悲悯
同时,与窗外的几滴鸟鸣
达成和解,与圈圆和碗托……
同生共存,互为知音
而形迹可疑的秋天,冲决了
思想的栅栏,赓续着圈圆的品质:
质朴、憨实、微澜……

曾经铭记远古的经典
——不可含怒到落日!
我所经历的落日,已经被榆林的
圈圆、圪坨、饸饹、碗托和抿节染过
落日熔金啊,也熔爱恨……
照亮了隔世的红尘
那么深刻、哀伤,和凛人
却又什么也看不清
落日苍茫,正从我的头顶
倏然划过,我隐隐感觉到
圈圆那世袭的温情

是孤独的神，不仅拓宽了
大地的善良、真挚，和热爱
也传染给了，尘世中
苦恋着的人

榆林颂

石 厉

榆林的羊

榆林的羊品质好
羊的品质越好
它的主人越喜欢
每个榆林人的肚子里
不知装了多少只羊
今生今世,一只羊
活着跑不出榆林

而人的命运
可能比羊好一点
可以跑出榆林
跑出国门
经商、喝酒、吹牛皮
在世界各地转悠

米脂的传说

一

用米脂的小米熬粥
不是纯粹在熬粥
而是在熬天上的云
熬以往的岁月
那些羞花闭月的米脂美女
与前世的貂蝉一样
也都是熬出来的
她们仿佛跃出草丛的白狐
被时间追赶着
日日从洗净的山坡上走来

二

她们的秋波,在小米细腻的
衡量中,磨平了棱角
化为窑顶上绮丽的丹霞
发光的婆姨,眼睛朝上
站在秘密的中心
身姿曼妙,婉娈倚门
她们用前世的修行

榆林颂

超度怀有贪欲的男人

三
一张白纸上摊开的念头
在努力的书写中改变了方向
满篇被枣红色染过
遮住了姑娘羞涩的面颊
今天我只好换一个角度
透过纸背,爱绮丽的江山
爱沉甸甸的谷穗,爱世俗
也爱她们遥远的
声音里,跳跃的灯火

四
我仿佛是那灯下的黑
隐没于陌生的人群
寻找失散已久的姐妹
翻动沟壑密集的书页
古老的文字,漫漶不清
黄土里曾绽放的眉眼
早都被崭新的黄土遮掩
人们户枢般迟钝的手指

在运动中激情饱满
一直在光与暗中周旋
翻看的每一个背影
都好像是她，但等她们
转过身来，却不是

曙光就在前面
——访杨家沟革命旧址

1947年11月22日，这一天
是一把巨大的铁锹
闪耀着劳苦大众永恒的光亮
自天而降，无形地插入
米脂县杨家沟的一个山峁
挖开了历史的横断面
天地间一场惊心动魄的
大剧，正在上演
中共中央领导集体
这颗黑暗中的北斗星
迫于数倍的敌人进犯

榆林颂

撤出延安,转战陕北一年多
顶着冰雪的真理,来到此地
他们要用曾经滚烫的延安
换回一个春意盎然的全中国
代号"亚洲部"的他们
手握万钧的重器
整个神州的山川被震荡
一时战马嘶叫,炮火弥天

这是一个从土地里长出的政党
他们深知事物发芽成长的秘密
感同身受农民的贫穷
也饱经——工人生产出商品
自己却两手空空的结局
无产者虽然失去了财富
却在漫漫长夜中
迎来了黎明前的觉醒
他们曾手持火把
在地下潜行
他们高举着灯盏一样的信念
照亮了那些埋在土里的人们
他们要让一个死去的世界重新复活

走过红土地、黑土地
再到黄土地
他们踏着土地起伏的节奏
他们和占人类大多数的穷苦人
站在一起，他们是飞来的屋顶
为饥寒者遮风挡雨
他们要让耕者有其田
他们正在进行一场
——翻天覆地的革命

明处的反动派当然要围剿他们
经过三战三捷的陕北会战
胡宗南十多万装备精良的大军
晃动着他们脑满肠肥的躯体
被我两万多西北野战军
神出鬼没、满山遍野地吊打
因为，有人民做靠山
我们就是大地的一部分
我们就是山的一部分
我们挥舞着台风的马鞭
不，在风云际会中
我们就是照亮黑夜的闪电

榆林颂

正在从四面八方

猛抽我们的敌人

局面反转了，亲爱的同志们

我们又一次立住了脚跟

这是山河在举手欢迎

这是大地给予我们厚报

婆姨们巧手赶做御寒的衣装

毛驴受到鼓舞，扬首奋蹄

在庄稼汉的陪伴下

给野战军驮去紧缺的粮食

那一粒粒金黄色的小米

贮满了阳光

向他们输送战无不胜的力量

12月25日至28日

党中央在此召开了一个会议

向全国发出指示

正式宣告我们和蒋家王朝的斗争

开始从战略防御转向战略进攻

——"曙光就在前面，我们应当努力"

这是一次冲锋的号角

在黄河两岸、大江南北响起

在陕北的窑洞里，在世界上
最小也是最大的指挥部里
中国人民的解放事业
掀开了摧枯拉朽的又一幕

整个黄土高原都在向这里簇拥
杨家沟，让中国大地沸腾
老天颤抖中，打了个趔趄
地脉中最坚硬的矿石
早都开始叮当作响
化作将士们手中的刀枪
我恨自己生不逢时啊
不能投身时代巨变的激流
无法紧随伟人的步伐
1948年3月21日上午9时
人民的领袖们
披着万道霞光
神采飞扬，离开了这里
春天解冻的黄河
为他们的东渡
泛起了不舍的涟漪
只有河水深知

榆林颂

那惊天的波浪即将到来
他们要走向华北，逐鹿中原
此时，在一百多里外
佳县解放区的一个山梁上
一位分到土地的农民歌手
面向早晨喷薄的日出
扯开嗓门，高声歌唱——
东方红，太阳升

北　草

窑　洞（组诗）

窑　洞

祖先和大山磕了头
结拜为兄弟，大山就敞开怀把先人们
迎进去，和群山一起
繁衍。祖先也如庄稼种植在
大山的胸膛里
生生不息

这样，窑洞生了根
便是大山的一枝一叶了，或者说
窑洞如镶嵌在大山胸膛里的
眼睛，和先人们一起
瞭望远方
哪怕出"生"入"死"
一生都向着阳光

榆林颂

与人间的冷暖
对话

窑洞，见了太多的风雨
人住得久了
泥土味很重很重
像从土地中
长出的植物和庄稼
土得掉渣
如果失去了泥土的味道
一如失去了阳光和水，不知如何
穿衣吃饭

席炕而坐，"四平八稳"
你就是窑里的人，剥着老玉米
就能和窑里的主人
拉日头的阴晴高低
直到油灯成为温暖的一部分，就着夜色
喝下一碗米酒
心窝子就如窑里的土炕滚烫、滚烫
那个添酒的女人
仿佛就是你的妹子

对面坐的主人,就是你肝胆相照的
兄弟

窑洞的窗,主人一定要请老匠人
雕龙画凤
把他穷其一生的美和梦
刻在上面
等暖窑和节日的时候
贴上开口会笑的窗花
像点燃一盏鲜活的灯,一眼
便魂牵梦绕

窑洞的院落
没有种满南山的菊花
但干净宽敞。秋高的时候
总有一个素面朝天的妇人
和一身米香的秋天,裹着白头巾
围着碾子,挂着笑容
敞开窑洞的门
把小米、南瓜、玉米、红辣椒
把一年的光景
码放整齐,拉着火红的日子

榆林颂

为一场瑞雪的到来
喜上眉梢

打谷场

五谷和秋天酿成一碗滚烫的米酒
醉着一首信天游之前
打谷场是必经之地

背熟了风的台词
穿遍了雨的戏服,庄稼们才敢
沉甸甸,面对阳光
面对打谷场
姹紫嫣红
唱大戏

老牛,在坡上、坡下的
谷子糜子玉米地里,不知道
村里的打谷场
从立秋开始,就想望穿秋水
等着披星戴月的老牛
不要空着手

来看她,最好
驮着山峁之上之下,丰收的秋景
在她的领地舞蹈
让她在那场大戏里 拉开架势、扯开嗓子
出尽风头

老农们也如地里的老牛
为和阴晴莫测的日头
以及手上如果实般丰满的老茧
沉醉一场
面朝黄土背朝天
从不轻易靠近打谷场
镰刀挥向麦穗之前
打谷场
一直是老农们和镰刀能否开刃的
一个赌局
一个谜底

庄稼们向站直了的老农
点头哈腰
鹰就俯冲在秋高气爽、天高云淡之中
抓野兔、山鸡的绝佳姿势

榆林颂

老农们作为背景
作为秋收,沉醉在打谷场的
前奏,高高扬起连枷的韵律
和这个秋天,深深吻合

咧开了嘴的黑豆、谷子、糜子
笑豁了牙的玉米,此刻
正作为秋天最动听的
节拍
被秋风抬高一寸
抑扬顿挫
老农们的手抖得厉害
连枷也抖得厉害
村庄也抖得厉害
远山也跟着,兴奋得前俯后仰了

麻雀们
是打谷场唱完秋收大戏的
余音,绕来、跳去
不放过老农们遗忘的幸福,轻轻起伏在打谷场上

庙会上看戏的女人

穿上好看的衣裳
她要赶天黑之前
看一场戏,在戏里活一回
她要借着台上净末旦丑的脸谱
以及南腔北调,分辨
叵测人心,并赶到
她一生也到不了的乾坤
串门。叫那个和她睡在一个炕上的男人
正眼瞧她

她觉着,戏班里的人
敲锣打鼓,拉二胡
比过年还热闹
像是世外的人,再次来到人间
戏台让整个村子
一意孤行
一村子的人都和她一样,围着戏台
盯着戏里的爱恨情仇、悲欢离合
找自己的
今生来世

榆林颂

她是不是戏里的花木兰或者窦娥
这不重要,她只想
和戏里的人
一起笑、一起哭
毫无顾忌地和戏里的人
死去活来。偶尔也想
台上的唱、念、做、打
和她在庄稼地里扛着锄头
春耕秋收的姿势
哪一个更接近日月星辰或者田间地头
戏台和庙很近,她发现
她活在戏里的
一举一动
和在庙里许下的愿
一模一样

她常叹自己没好光景过
她一辈子怕蛇
蛇好像是鬼的化身,可看《白蛇传》
她为蛇哭过好几回
一直想穿上最好看的衣裳
喝白蛇和许仙的喜酒

她恨法海
不让白蛇青蛇过上好光景
就像恨久旱不曾开眼的
老天爷

她最怕，落幕的锣声
像收割麦子的镰刀
赶跑梦里的麦香
蹲在戏台上空的月亮
不是她夜晚的口粮
《铡美案》《千里走单骑》
这些戏即使散了，那些难忘的戏词
一直是村子里发酵的
年糕。她盼着孩子们
把戏里包公和关公字正腔圆的一生
在窑里窑外、山里山外
再演一遍

看一场戏
她就把戏里和梦里的事当真了
她好像能隔着肚皮
看清人心了。她会想

榆林颂

黑脸包公,白脸曹操
戏里的黑白
比人间的分明

田 湘

太阳就要落山了（组诗）

黄河博物馆

时光回廊里，有黄河的涛声
历史的沉淀如河沙堆积

蒹葭苍苍，佳县静卧在黄河畔
听得见船夫的号子
看得到枣林的摇曳

黄河一次次改道
黄土又长出新草
泥人变成了会行走的人
居住在窑洞里
用歌声唤醒太阳
用生命创造生命
他们被称为龙的传人

榆林颂

被打沉的船,又浮出水面
讲述这千年的沧桑

佳县或葭州

我更愿叫它葭州
有诗经里的蒹葭之美
黄河坐在这个弯弯里
也有小情调
想穿越就穿越

白云山上
白云飘在山顶的道观
黄河就在山底下流
每朵浪花都是绝世的歌手
把黄沙唱成绿洲——
是佳县,也是葭州

米脂姑娘

米脂姑娘,是梦中的女孩
用米脂的米养大

那身影萦绕在我心上
想想就心跳
可现实中难寻她的模样
只能在梦中怀想

梦中有她如花的笑颜
还有婀娜的身段
她的眼睛像葡萄
发丝轻扬带着芬芳

我试图去靠近，去触碰
却总是在即将相拥时梦醒
留下无尽的惆怅

我守着这想象的美好
让她在我的梦里徜徉
我愿在这梦中流汗

镇北台

北边，榆溪河缓缓而过
沉淀着岁月的沙粒

榆林颂

西边，夕阳庄严肃穆
述说明朝衰落的历史

古老的砖石，印刻着时光的痕迹
每一道沟壑，都是沧桑的纹路
站在镇北台，眺望远方
仿佛能听见金戈铁马的声响

那明朝的旗，在记忆中飘荡
镇北台，以万里长城第一台的雄姿
守望着这片黄土大地
守望着和平与希望

石魂广场

群狮起舞，在无定河畔
这群石雕的狮子，与人类对视
获得了灵魂

雄踞于此
庄严，威猛，桀骜

时间也仿佛在这里停驻

承载绥德的记忆
群狮，默默地守望
是一种气势，更是一种精神

陕北民歌博物馆

信天游的旋律
似旷野上吹来的风

耳畔回荡着黄河船夫曲
那雄浑的号子震撼心房
蓝花花的故事在此传唱
古风悠悠唤醒岁月的记忆
走西口的哥哥让妹妹哭断了肠

传统与现代碰撞
历史与未来传承
每一个音符都饱含深情
每一段歌谣都倾诉衷肠
穿越时光的长廊

榆林颂

凝聚成陕北独特的乐章

在陕北民歌博物馆
一场心灵的洗礼,深入骨髓

补浪河女子民兵治沙连

我来时,黄沙已变成绿洲
那些杨树、柳树亭亭玉立
与女子民兵治沙连的姑娘并肩站立

当年,第一个报名的人叫童军
她成为女子民兵连第一任连长
接着是第二,第三,第四……
一直到现在的第十五任
一代又一代人接力拼搏
五十年治沙创造了一万四千亩绿洲

岁月里,油灯微弱却点亮希望
柳条编织着梦想
抵御风沙张狂……

我能想象她们背着柳条
在黄沙中爬行的样子
我多想接近这一群神秘的女性
席永翠,是第一批五十四名治沙人的一位
我见到她时,她已是年近七十的大妈
满脸都是黄沙的印记
还有贺贵莲、潘生清、王莲芳、贺莎莲……
她们的故事,如星辰熠熠闪亮
如今,我已看不到当年的黄沙
在这片秋风送爽的绿洲
请让我们记住她们的名字

双水村

我闻到浓郁的草香
王妍说,这是野蛮生长的草

没错,这是野蛮生长的草
在路遥《平凡的世界》里
沉淀出别样的韵味

我来到双水村

榆林颂

是想见证这一切的发生
与消逝。那草香
如同朴实的村民
依旧野蛮生长

木头峪

石板路蜿蜒
墙砖有旧时代的光影
老树在村口守望
枝丫似在勾勒曾经的故事

时光凝固
古风浓厚如墨
摘几颗青枣
在阳光下品尝
解说员的声音甜如蜜
一排灯笼挂在村口
是离愁

榆林古城听诗

秋夜的榆林古城
灯火阑珊古韵悠悠
我漫步在青石小道
聆听一首首诗的低吟

月光如梦
仿佛回到了唐朝
那字里行间的情感
在寂静中蔓延
我沉浸其中
感受诗意的交融与澎湃

时光仿佛在此刻静止
唯有诗在秋夜回响
而我静静倾听
这属于古城的诗之乐章

闯王李自成

米脂的米养人,更养心

榆林颂

闯王吃了米脂的米
就有了雄心壮志

他手中的刀戟泛着寒光
从驿站的小吏到义军闯王
一路挥戈,摧枯拉朽
却在一念之间功败垂成
到如今,落日西沉
只听见盖世英雄流血的叹息

杨家沟

这里曾站着一位伟人
他挥动巨人的手
用诗歌,转动日月
以笔为枪,摧毁一个旧王朝

他居住在破旧的窑洞
却决胜于千里之外
杨家沟的一草一木
见证了那段不凡的岁月
铭记他的身影与气魄

太阳从东方升起
从此,毛泽东这个名字
在这里闪耀着永恒的光泽

太阳就要落山了

在陕北,秋天的太阳
像一封泛黄的信笺
被风悄然吹落

田埂上的荒草,摇曳着孤单
村庄在暮色中沉默

树叶如游子,飘落四方
每一片凋零,都是一声叹息
装满岁月的行囊

太阳渐隐,秋意更浓
我像是要与谁告别,又依依不舍
太阳就要落山了
我守望着这片宁静
思念着,那温暖的灯火

榆林颂

高西沟

我看见高西沟人治水的过程
秦岭的梯田是黄土堆砌而成
偶尔露出黄色的脸

听得到黄河奔腾
和高粱在风中舞动
向日葵神秘的笑
是秋天温暖的暗示

黄土是自然的诗篇
创造独属于它的辉煌

在榆林

不再有金戈铁马踏起的尘土
塞上是一幅绿色的画卷
古老的城墙屹立
是不能抹去的疤痕

伊人不老

寻一碗羊肉面的香
在榆林与历史默默对语

镇北台下
没有往昔的烽火硝烟
也没有驼铃声摇响时光的梦幻
只有一声声秦腔
响彻榆林的天空

我的苹果心

绥德人给我寄来了苹果
陕北黄土高坡的苹果
取名为：山地苹果
陕北人真谦逊：多好的苹果
却叫个如此土气的名字

我捧着它，如同捧着
一枚新鲜的太阳——
又大又红，散发迷人的光泽
又甜又爽，在味蕾上跳动欢畅

榆林颂

黄土地孕育的苹果
饱含真情与汗水
看着它,我思绪飘荡
仿佛看到那片广袤的土地

赐我苹果
就是赐我心

冉冉

在陕北（组诗）

满　月

满月照耀
陕北的沟壑与梁峁。

秃尾河，永利河，
充满同样的风声和歌声。

歌声来自石峁的陶片，
波光粼粼的造物，
时间精美回环的纠结。

不要说失散的已被遗忘，
不要说遗忘的早已失散，
高天厚土，陶片铭记着
柴薪和烧窑人，铭记着

榆林颂

石磨和母亲的豆浆,
铭记着家园和风蚀的皇城。

石峁外东门门道处,
太阳不偏不倚从梦中升起,
不计其数的梦,不计其数的
太阳,不计其数的母亲,
每一个都是你珍藏的满月。

石　狮

那么多勇猛的狮子,
回到了石头。
那么多俊美的男子
回到了绥德。

狮子按捺住双爪——
为祈祷。
男子挥动着凿子,
为倾诉!

愿古今的战火,

在它的默祷下止息。
愿世间的冤仇,
在他的宽慰中断灭。

远近的婆姨啊,
前赴后继的老幼,
神就在受苦者附近——
它广大的神通里。
爱即是契合普罗大众的神通,
因此,谁会拒绝石狮的福佑呢?
谁会拒绝它年年岁岁的蹲守呢?
尤其是它出自绥德的石匠——
那生于硝烟历经忧患的美男子。

除去多余的石料,
将狮子从幻象中取出,
这是绥德石匠,
从未间断的雕塑。
为寻获它们的神与魂,
他们耗尽了骨和血。

榆林颂

天　空

小圆窗外的天空，
是另一个天空。
另外一个。

是剪纸传神的那个，
唢呐统摄的那个，
秧歌沉溺的那个。

声孔里流泻的烟火，
如跃升的繁星——比蜜枣
更甜更密匝的星辰，
布满窑洞上空。
百灵变圆，歌声卷曲，
每颗星都见证着，
舞者的绸带和迷醉。

好日子不过是繁星高悬，
生灵安好，五谷入仓。
好日子不过是情义缭绕，
愁苦不在，黄土塬上的

土窑石窑各归其位。
父亲和母亲交替扮演
剪纸艺人和唢呐手，
欢乐近在咫尺，
幸福也距离不远。

赤牛坬博物馆

在赤牛坬民俗村的窑洞里
有一座奇特的博物馆。
当我走进一间间展室，目睹
成千上万的算盘，成千上万的
酒壶，成千上万的灯盏，
成千上万的马鞍，无不为
集结逗留的时间惊叹。
尤其是那汇聚在一起的
三万双布鞋——是的，
三万双呵护过赤脚的布鞋，
三万双亲近过梦乡的布鞋，
三万双走南闯北，被大道期待
又被歧途遗落的布鞋，
它们重叠挨挤着蒙满灰尘。

榆林颂

低头剪鞋样的姑娘哪里去了?
(她曾让鞋和脚默契贴合)
黉夜不休纳鞋底的妇女哪里去了?
(她缝补过光景也缝补过记忆)
被布鞋护持远行的亲人哪里去了?
被布鞋深入的荒漠梁塬哪里去了?
那记录他们命运的算盘,温暖他们
寒冬的酒壶,映照他们爱情的灯盏,
点燃他们血性的鞍辔哪里去了?

斗转星移,时光荏苒,在这
金秋午后,数百位赤牛坬村的
村民围聚池塘,载歌载舞,
演绎他们的劳作日常……
那拙朴生动的影像,是他们
陈列在户外展室的鲜活风姿。

绿洲花海

这些花海,这些蝴蝶,
这些树林和雀鸟,
都长成于姑娘们的梦境。

五十载光阴，四百八十位姑娘，
在毛乌素沙漠造的同一个梦，
被数百万人看见。

湿润的风吹拂过向日葵，
花盘里的蜜蜂，
赞颂着秘密的泉水——
泉水甘甜，混合着青春、
爱情、血汗和热泪。

五十多载光阴，
四百八十余位姑娘，
让沙子开花，让沙子结果，
让沙子萌生青苔，
让郁郁苍苍替代无边荒凉。
这被见证的梦境啊，长存的梦境
既是对天地万物的颂赞，
也是对造梦者的由衷祝福！

榆林颂

白万能

纸缸缸里度春秋（外四首）

三升糜子，五升谷
把日月都放在纸缸缸里
熬啊，煮啊
熬那些所有的委屈、泪、疼痛

生活的薄，如同这纸缸缸
轻飘飘，又稳当当的
日子，在这里翻页、脱落、重生
灰褐色的纸缸缸
耀眼了文字和生活的清晰

一茬茬的庄稼，一茬茬的人
掏舀着、修补着、新糊着这纸缸缸
营务生活，熬住春秋
熬出了个人样样

绥德郭家沟的常老汉

他是旧的人
那件反穿的羊皮袄子也旧

和他合影五元,点歌也收费
他真是旧的人
说的话,别人也听不懂
脸上画满了黄土高原地沟壑

同行的人要扫码付钱,他朴实憨厚地不拒绝
也不好意思接受
又一个同行的人打断了
旧的人,有旧的办法

三　月

三月应该做一场游戏,榆林
春天来得慢,寒冷不退

三月应该唱民谣,练习温润的性格
榆林,不和身体说病

榆林颂

不坐在窗前搜刮灵魂的渴意
不与人间争春

对于智齿和瓶子里的酒
三月适合立下誓言

将我空余的国土许给你
许给榆林

告诉身边人
榆林要出发

泥瓦匠的父亲

泥瓦匠的父亲
泥土在他手里复活

泥是他的皮肤
泥是他的血泽

搅拌、和泥、脱坯
躬一下腰,出一窑砖

墙增一岁
父亲矮一寸

凉　皮

轻轻地沿边缘揭下，切成宽条
派遣醋、盐、蒜一众护驾，人数要适等
多余的就拉出去斩首
要经过我的牙齿歌
哧溜的欢心，那些提不起名字的狙击手
先一步扑击了我北方的盛夏
织满阴凉与脉息
这里人数众多，川川皆有流向
我可以等，可以等，等
南方的一场雪抽回我的枝芽

榆林颂

向　阳

向米脂婆姨敬礼

沃壤宜粟
米汁淅之如脂
淘沥所有的词汇形容
唯有米脂婆姨
浓缩了女人的所有细节
貂蝉的眉毛可以征服方天画戟
舞女的百戏宛如高秀英的马蹄
佩兰的民歌
喊醒黄土高原的混沌
也喊醒窑洞嫂子的谜底
"脚不缠，发不盘，剪个帽盖搞宣传，当上女兵翻大山，
　跟上队伍上延安"
三秦大地的女兵
全然长成红缨枪的样子
沙家店舞旗的兵娃
志愿献祭鸭绿江的生命

每一滴骨血都是米脂婆姨的米粒

濠江中学的旗手

杜聿明的娇妻

杨教授最古老的婆姨杜致礼

米脂的婆姨如米脂的大米

长入男人的骨子

米脂的大米就是米脂的婆姨

养熟寸寸山河

米脂的婆姨是喊彻西北的秦腔

穿透万灵

米脂的婆姨

是梦野里鼎沸的花轿

种植根子

是绥德汉子嬉笑怒骂的说书

倾诉人世谜语

是明月投向大地的剪纸

是掷向阳光的红锤

是射进窑洞的光曦

是土炕上弥散的母乳

是无定河涌动的浪漫

米脂的婆姨是沥尽沙尘的圣女

榆林颂

李自成行宫断想

真武祖师的神祐
并未复活米脂南麓的盘龙
却令屠龙的边大绶复活
农夫的视界永远无法逾越秦岭的山梁
闯王刀只经历了血刃
并未于血火淬炼
万分之一的柔情
是所有帝王的墓
"秦人饥，留此米活百姓"
一句本应是庙里农民的箴言
让农民的锄头锄翻大顺农民的王土
姚雪垠的笔
也解不了行宫的噩梦

参观杨家沟有感

马家到杨家
扶风寨与亚洲部

空间，时间
人之与人
形势和任务
一位喜欢叼着香烟的男人
吞云吐雾之间
就用几句话击毙了一个时代
1947年12月
或许没来得及纪念韶山冲的生日
窑洞的红烧肉香味犹存

榆林颂

刘雕和

榆林怀古（组诗）

建安堡

钟声自南山之巅
向四周，振翅起飞
香水村又醒了

二十座庙宇围坐
三十户人家参禅
岁月反刍了五百年之久
长城兵戈的故事依然是新的

偏安已久的一棵老树
说它听见了
六百年的梵音

新墩长城

睡着了，不再是故国与他乡

葳蕤的蒿草高举着你的骨骼
车辙碾碎身躯的一小截阵痛
山水摧枯拉朽,毫不温柔
魂魄早已融入土地,与号角
狼烟、箭矢、刀枪剑戟,还有那
千千万万烈马的嘶鸣,更有
盼儿归故里的慈母不绝的思念

血红的土地由边陲的荒凉变得肥沃
长歌当哭啊……历史的形象横亘
万箭穿心的墩台高地,将士们
化为身披盔甲节肢昆虫飞舞守护
叨扰了……叨扰了……
蝉鸣与柳树守护着迷你小林
苜蓿与打碗碗花爬上新墩长城
都是精致打扮后才来相会的

长角的古人

不为格斗,不为求偶
那是美最后的收敛
正如尾椎缩进身体
不再为了平衡疾驰的风

榆林颂

长角的人，也许被绳索豢养
也许跪在祭台血泊中啼哭
也许正抬着巨石修建宫殿
也许是长族，也许是
历史的一种瑰丽艺术

只要你再次从黄土中醒来
梦中一遍遍寻找
哪怕一根肋骨

生水的腰肢

九月，去探访一位少女
顺着凹凸有致的河水，一路
在她的腰肢处，胆怯地停下来

镇川堡，这枚解开又扣上的盘结纽
商贾的吆喝声在水面起伏
骆驼的脚步声在岁月里留下了印记

踩到桥上，水里的天空流淌着克莱因蓝
微风摇着树叶，河水晃着水草
火红的花朵寂静，蜂蝶凑上鼻息

试着在火车穿过金黄的田野时与她密语
脚步声碎碎,流水潺潺
她的无定已定,水声生水

悬空寺的皱纹

它深深地弯下腰,行走了千万年
却从未低过一寸
在你身下,我们受到前所未有的庇护
仰望蓝天
站在大地上穿越北宋有些许眩晕
每踩一级石阶,就是一片厮杀
每触摸一面石壁,就是一次流亡
一缕缕香烟在为断节的碑文续章
一声声风铃在为残破的壁画修补
飞上最高的那眼石窟,身上的武器
纷纷掉落在地,石窗透进来
那一束宁静的光吟唱着止战之殇
飞鸟终于还是替代了石子
住进他年轻的皱纹里,轻敲栏杆
惊飞一只西夏的白鸟

榆林颂

啰兀城的陶片

向上盘山的路，一下走了一千年
这一千年，我们没有摘过一朵正在盛开的花
这一千年，我们没有踩碎一片已经残缺的陶片
韭菜花与山上的人家一起开花
庄稼和野草相互照应，各自蓬勃
人群散落在阡陌上，正如散逸的历史
有一阵风从远处隆起的碉堡吹来
牛碾在吆喝声中开始转动
一堆一堆的陶片交给岁月拼接
绳纹对绳纹、旋纹接旋纹
方格纹、网纹、篮纹、指甲纹
告诉我们那是一个罐子还是一口瓮
触摸你温柔的骨头
制陶人的指纹神迹般布满其身

麟州宝塔

是石头里跃出的一头饥渴的骆驼
背上驮着的宝塔里
住满了更饥渴的苦行僧

它一万年才奔跑一厘米

一亿年才能喝到甘甜的泉水
它不知道它已在天上了

伸出舌头就能舔到水做的云朵

榆林颂

安海茵

榆林诗章(组诗)

在小米博物馆

要敬畏天时地利。
要辨识麦黍稷稻菽。
要倚着爷爷的臂弯想,
遥远的苹果味儿的秋天。

要推广深层滴渗灌补水。
要夯实小米全产业链。
要运用新质生产力,
爆发小米黏稠的香气。

要铭记高原莽莽,风物流芳。
要描摹五千年前淘洗小米的柔荑。
要相信步枪的加持,风云中
焕发革命人鹰隼的眼神。

今日我端起一碗热腾腾的粥饭，
仿佛这是最重要的事情——
捍卫这塞上江南的软糯，
以及苦望后的回甘，
就堪堪用尽我们的一生。

在杨家沟革命旧址

当年转战陕北的最后一站，
便在这里了。
昔日杨家沟的"山"字形窑洞，
领袖一笔一画写出了
《目前形势和我们的任务》。

当我们来到这里，
从油画《党的十二月会议》当中，
怀想当年的车马烟尘和艰辛，
这山梁沟峁怀抱的村落，
短短数月间，便孵化了革命的云蒸霞蔚。

历史进入了新章回，
如今的杨家沟，家家户户都整洁清爽。

榆林颂

大姨待客的诚意敦厚饱满。
我们走进防空洞的时候，
身后是潮水一般的孩子，和他们
无忌的童音。

我真想好好地表达这样的喜悦——
院子里树上的红枣，
它的红在一天天加深；
孩子们脸上的笑意，
掬一把，经霜必定愈浓。

曙光就在前面！
曙光就在前面。
为着这句话，这些年间，
多少人奔赴成了
燃烧的火焰。

在红石峡

陕北的风物在初秋，
已懂得抱紧内心的萧瑟。
昔日的红星、惊雷以及

映亮山崖的山丹丹，
在红石峡的石窟中悄然蛰伏，
隐居在这九边重镇的银钩铁画。

崖为赭色，以此为江山典章的底色
尤为庄重。
山势大开大合，天地凝眸处
离人独坐、幽思千万阙。

榆溪河一直在随着我们走，
或者说，我们一直被河水所引领
至夕照的光景。
我长久地看着眼前的红山生辉，
亮出此地的风骨。
我看着那么多乡亲的瞳仁里
藏着的好果子。

运气好的话，
我在红石峡的树下，就能
接收到所有落叶在光阴里的生长，
层层叠叠。
这蔚蓝色天空脱落的大捧黄金。

榆林颂

造物主只在秋天才有如此慷慨。

只在秋天,芦苇和向日葵
被风的慈悲向上托举,
哗啦啦一遍,又一遍,擦亮响器。

在红石峡,我一边试图从颓意中起兴,
一边又继续往秋里走。

葵花地

被秋光贯穿的葵花地。
谁的干渴被搁置,
谁在喧嚣尘烟中一再出走,而又折回,
甘于匍匐在沙壤的瘠薄之地,
却一再捧出饱满的籽实。

堇,丹与雪,
在治沙基地的葵花丛林咀嚼阡陌,
一再顾念着秋风波澜。
这些夸父遗落在世间的肉身,
有哪盏葵盘不曾奉上给予,

哪些花瓣没有逐日的狂热。

在葵花地,每一个游子都不会走失,
通通失陷于一场对故土盛大的检索。

榆林颂

许 震

榆林诗行（组诗）

榆 林

一个微信电话
打开了我梦的找寻
成为那夜的主题
于文字那是一种初恋
于友情那是一种向往
于文化那是一种怀念
于精神那是一种寻根

西电东送
西气东输
西煤东运都绕不开这里

榆林，榆林，雄壮的榆林
九曲黄河与万里长城在这里阔步

榆林，榆林，柔美的榆林
大漠风光与黄土风情在这里齐舞
榆林，榆林，多彩的榆林
黄土文化、农耕文化和游牧文化在这里情同手足

铁血镇北台

我是台墙上的一块砖
在这里站立了
整整四百一十七年

脚下的红山
是我的根脉
始终饱满着守土护疆的铁血情怀

我听过
石峁外城的瓮城及周边围墙上的马面
抵御外侵、不怕粉身碎骨的呐喊

我听过
秦长公子扶苏、大将军蒙恬
三十万兵士北击匈奴，收复河套地区的宣战

榆林颂

我听过
杨家将忠勇爱国,满门忠烈
十二寡妇冲锋陷阵,让敌人胆寒

我听过
英勇善战的折家军打败契丹
以寡敌众、浴血塞外三百载古今中外少见

我听过
自古英雄出少年
"青面阎罗"狄青,让西夏军队闻之丧胆

我听过
年过七十的抗夏名将高永能
换上士兵的服装,为国家慷慨尽忠

我见过
李自成率军七万攻打守军五千
坚持七天七夜城墙被炸开后,余部不死就战

我见过
1675年,守军以三千抵挡叛军一万

军民以命拼命，用尽武器和石块，抱着叛军滚下城垣

我见过
清朝康熙皇帝率军出塞边关
第三次征讨蒙古族准格尔部头目噶尔丹

我见过
1933年，无定河畔六烈士
敌人刑罚用尽没寻找到半个有用的字

我见过
抗日名将邓宝珊
毛泽东主席亲切称赞"八年抗战，先生支撑北线"

我见过
1974年，长城姑娘治沙连
风餐露宿、同仇敌忾与毛乌素沙地大会战

镇北台，台镇北
面对风沙和盗匪
一直是坚贞不屈、威风凛凛

榆林颂

镇北台,台镇北
战天斗地怕过谁
头扎羊肚子手巾,腰系红腰带的英雄心

镇北台,台镇北
中华民族复兴路
驼城儿女永远敢闯敢干、舍我其谁

多情的民歌博物馆

"陕北民歌博物馆"
一看这馆名的题字
我就热泪盈眶
在北京西城的那栋居民楼里
不止一次拜访过这位山东老乡
以至于,在梦中
一次次让我长久地驻足和联想
再往岁月的纵深处回望
《东方红》《黄土高坡》等曲调
曾伴着我的少年、青年流连忘返地成长

为什么这声音历经沧桑而不衰

千年老根黄土里埋

这里面深藏了多少人的幸福和无奈

那看山跑死马的沟崖哟

横冲直撞的风沙，又给窑洞上了盖

眼看丰收到手的庄稼却闹了荒灾

妹妹心尖尖的哥哥哟，你多会儿来

还有那战争连续不断的阴霾

低声的吟哼，倾吐了心里头的哀

高亢的吼喊，唱出了压抑很久的爱

歌从陕北来，一嗓子吼了三千年

山丹丹开花红艳艳

陕北红军催生了她生命的大裂变

中央红军进驻这里哟，才真正迎来了春天

伟人《讲话》后，引发她的大生产

鲁迅艺术学院、中国民间音乐研究会等齐动员

开始了有组织的大规模的收集、整理和改编

《民歌选》实现了从口头到书面记录的第一次转变

从《三十里铺》《骑白马》，再到《拥军花鼓》《绣金匾》

一首《东方红》唱红了大江南北，直接飞上了天

沿着梁峁起伏、沟壑纵横的高原场景

榆林颂

满天星星一颗颗明

走出黄土高原,走向全国,飞向太空

高音喇叭与广播音箱唱着《咱们的领袖毛泽东》

刘燕平、郭兰英等在国际舞台唱着经典《东方红》

中央人民广播电台编创《翻身道情》

听哟,唱哟,即使《哀乐》也哀而不伤

《春节序曲》欢歌庆岁,向全国人民传递幸福愿景

电影电视上播放有民歌的《北斗》和《人生》

祖国上下、角角落落甚至太空都传递着她的回声

旧的,新的,还有最近的改编

信天游永世唱不完

从影视音乐剧、走上歌手大赛

到拍摄 MV、灌制唱片

风尘仆仆涌入城市的生活圈

我深信

不会随着时代的变化而失传

你看

歌者有白发老人,更有翩跹少年

他们神色轩昂,笑容满面

新时代又有新发展

随着技术的更新和传播方式的改变
她向英雄的榆林人民提出了更大挑战
你听
那歌声由近及远
越来越响亮,越来越震撼
永远昂扬的生活态度告诉未来
什么是真正的豁达和乐观
世界百年未有之风云大变幻
一定会激励着我们,跋山涉水,越过险滩

走向新中国的杨家沟

我来杨家沟之前
从没有感到如此伟岸
这里不只是
陕北最大的窑洞庄园
更是因为她
曾与新中国的前途那么紧密相连

没有文化的军队是愚蠢的军队
没有文化的地主是不会持续富有的地主
迁入杨家沟的马云风

榆林颂

不惜重资,培养自家的文化人
有文化的"骥村"上了门
杨家沟逐渐成为"陕北第一村"

马家不仅办私塾,还办了"讲堂"
较早就看到了新世纪的曙光
毕业于同济、留学日本的马醒民
提出了"精兵简政"的主张
不仅得到了李鼎铭议长的赞同
还得到了毛泽东和党中央的赞赏

"新院"建造和设计开天辟地
中式、西式和日式风格融为一体
更重要的是
1947年11月22日开始
这里成了开国领袖毛泽东
和周恩来等中央领导的新居

这里有斑驳的木质书桌
正在翻动五千年文明古国
厚重的书页
背靠苍茫的黄土高坡

正在筹划着撬动解放全中国的
雄才伟略

这里有放眼世界的地图
放大镜下
正从西北转向东南
正从黄河转向长江
稳扎稳打的一步步
为建立新中国作思想准备和部署

这里有深夜里最亮的油灯
温暖了一千四百人的心窝
点燃了新中国的黎明
有谁能想到
在世界上最小的司令部里
指挥了最大的人民解放战争

这里有气象万千的笔砚
仅仅一百二十天
伟人创作了八十余封电文稿
和四十余篇光辉文献
这里是中共中央离开陕北

榆林颂

走向全国解放和胜利的出发点

辉煌的一百二十天
波澜壮阔的革命历史画卷
铸就了我党历史上的永远不平凡
面对新的国内外局势、挑战和考验
"政策和策略是党的生命"仍然响在耳畔
中国共产党人更需要艰苦奋斗和持续牺牲、奉献

李纪元

黄天厚土（组诗）

上　郡

从雕阴，到鱼河
乔迁的大军，浩浩荡荡
一座新的城池，在边塞漠野
奢延水畔，帝源河边
氤氲之息里，榆树一样泛起绿意
陶唐，龟兹，永乐，啰兀
城城相连

长河日落，鼓角声起
边墙内外，牛羊塞道，匈奴远遁
文韬武略的秦公子、蒙将军
江山可期

叹，一场密谋中，剧情突转

榆林颂

江山被偷换，历史被篡改
获赏的是，一纸赐死假诏
呜咽泉壁，泪血斑驳
帝王在哭，母后在哭，太子在哭
呜呜咽咽，如泣如诉

割我的肌肤
喂那些饥饿而扭曲的灵魂
让众多生灵，免遭涂炭
身处绝境的扶苏
那一把杀敌的利剑，娴熟地反刺自己
一代帝王，就此夭折

漫漫黄沙，再怎么厚
也掩盖不住尘封千古的踪迹
呜咽千年的泉水，再怎么哭
也诉不尽那一声声冤屈
碎砖烂瓦里，那一张张怒目圆睁的脸
从沙土中，一一浮现

统万城

你的永安殿哪里去了?
你的雕梁画栋亭台楼阁哪里去了?
你的二十万兵士哪里去了?

临广泽而带清流
你刀枪不入,用血肉筑牢的白城呀
怎就一下子变成了僵硬的躯壳?

"统一天下,君临万邦"的匈奴王呀
你的勃勃雄心呢?
你的不可一世的威武呢?

雄风呼啸,战火映天
杀声雷动,狂沙漫道
大火和狂风过后,一切都烟消云散

挂满泪迹的城墙上
那一只只黝黑的眼睛,望穿荒凉

寻遍荒野,也未能找到你的一箭一镞

榆林颂

曾经的喧哗,凝固为
沙漠里的一滴白泪

葭州石城

兀立于绝壁石崖的擎天香炉上,缕缕香烟
与蓝天里飘动的云彩
与黄河之上的缥缈雾岚,交相缭绕
缭绕成,一幅秦晋峡谷里的风景

白云间风铃叮叮,诵经声在风中传送
谁打开冰河,把冰块舀入木桶
弯弯的扁担吱扭吱扭
唱出一曲雄浑嘹亮的《东方红》
与万马奔腾的《黄河大合唱》
与悠扬高亢的《船夫曲》,在太空里久久回荡
回荡成,一曲高山流水的千古绝唱

旭日又东升,朝霞染红黄河两岸
红色的河流奔涌
奔涌成一颗颗甜脆的红枣

暮归的牛羊，滚动如群峦
与日月相照，与云水相生

响水堡，流过一条会唱歌的河

树枝上，冰雪融化的水珠滴入河中
稻田里，青蛙双腿一弹跳入河中
河岸边，蜻蜓点水，喜鹊叽喳
白鹭抖翅，白天鹅引颈长鸣
在这条缓缓流淌的河流上
轻甩水袖，轻歌曼舞……

突遇悬崖——
所有的声音屏息，蹲身，展臂
从天桥上，纵身跳下
天鹅引颈长鸣的声音
白鹭抖翅的声音
蜻蜓点水的声音
喜鹊叽叽喳喳的声音
青蛙呱呱的声音
在大河里，汇成一曲激越的交响

榆林颂

呵着水气的苹果

当漫天雪花覆盖了寂静山村之后
一曲悠扬的天籁之音回旋于茫茫穹庐

窑院脑畔上，积雪覆盖的菜窖里
那些冬储的土豆、白菜、红苹果
叽叽喳喳地挤在一起
呼吸着潮湿的空气
不时探头探脑地，朝外张望着
有几棵白菜心心里，还长出了嫩绿的枝叶
甚至，还开出了小黄花

穿着红色羽绒服，围着白围巾的姑娘
为了招待城里来的客人
从窑院到菜窖，硬是扫开一条弯弯扭扭的土路

满筐的苹果，泛着红扑扑的脸
水淋淋地荡漾在女孩的臂弯里
缕缕果香飘浮在干净的雪野
丝丝流在村庄的呼吸里

榆溪河,诗的天堂

清澈的河流,把蓝天和白云搂在怀中
河水的颜色,变成天空的颜色
河水和天空的颜色
就是诗的颜色

流水咕噜咕噜叫着、唱着
水面上漂动着一片片闪亮的金片
金片与金片击打出清脆的声音
流水的声音和金片的声音
就是诗的声音

河畔的树梢上
挂一串串晶莹的冰凌
细柳的枝条摆动在河面
亮闪闪的冰凌和风中摆动的细柳
就是诗的气质

河面上抖着翅膀的白鹭
把白色的羽毛甩在风中
河面上游动着呱呱叫唤的野鸭子

榆林颂

尽管嗓子有些沙哑
抖翅的白鹭和呱呱叫唤的鸭子
是诗的语言

摸着河水柔滑的肌肤
掬一捧甜润着喉咙
水洗一新的眼睛明亮闪烁
滋润我一生的榆溪河啊
我诗的天堂

杨 岸

榆林行（组诗）

红石峡

重新将大漠分割
仍见沙粒中的马蹄印
一半刻于岩石之上
一半留给西夏国翠然阁的
那节传说

那些泥塑心怀慈悲
在窟内一住仅是千年
还有毫发无损的石魂
一经后人仰望
红石峡便在庄园
以主人的身份
淘洗出一条河流

榆林颂

镇北台

放慢脚步
这里的黄土和石头会鼓足肌肤
会有一群赶着马车的人
在迎接守家护园的将士
他们出征的脚步
越来越能亲近故土

有心去收藏这里的一砖一瓦
它们比我们想象中的
还要珍贵
四百多年了
依然怀抱着大漠的辽阔
与城无争

清点过的战场
不会随我登高望远
只有被阳光熟悉的身影
才会越来越像
一枚朝代的印章……

亲近黄河

亲近黄河
就会有坚硬的骨节在生长
就会有豪迈的步伐
越过坎坷

相比之下
我们要学会坚守
在这里等待每一个
想要渡河的人
告诉他们渡河的心态和方向

老青马落水的地方
汹涌澎湃
仿佛把浪花再次
扶上马背

朝着一艘木船
我们要学着去渡河……

榆林颂

黄河二碛

一块普通的石头
想象成奇石
河水就会在平静中
再次，波澜壮阔

多么羡慕河底的石头
或仰或俯
都能自如地呼吸
都能得到浪花的奖赏

在这里
我不由得会想到
那支东渡黄河的队伍
想着想着，太阳和河水
贯通了我的血脉

黄河文化博物馆

双手捧起这里的每一朵浪花
就是与黄河对话

就会得到一次
母亲的谅解

顺着气吞山河的那条曲线
从青藏到渤海
我的眼眶里只剩澎湃
站在河岸边
才感觉自己在渐渐长大

找回有关黄河的诗
找回霸气
找回温柔，反复吟诵
这时，我们会精神焕发
和母亲一起抬着
高昂的头

绥德革命纪念馆

毛泽东、周恩来、朱德……
李大钊、李子洲……
他们的名字
注定能排列出一支

榆林颂

从胜利走向胜利的队伍
希望我在其中
是一名合格的战士
在扛枪扛旗帜的肩头
扛起,天空的蓝

图片和文字
真实得如一棵大树下的根须
扎在我们心的地方
缓慢的脚步,仿佛在寻找
那盏可以燎原的油灯

在陕北,有一场大雪
被押上诗魂
每一朵雪花
都在承前启后
它们飘过长城内外
至今,在顺着能重逢的路上
呵护着我们

在清水河大峡谷

这是一次
虔诚的朝拜
最好把自己缺钙的骨头
在泉水中浸泡

芦苇挺直腰杆
把仰望过的高度
让我试试
红的泥土
似乎要交出一份诚意
渺小的我,怎么也触摸不到
你俯视的目光

抓把红土
证明我来过
不如等落日时
将我的身影留下……

榆林颂

统万城

一千多年前的烈火
轻易地就烧焦了这片
肥沃土地
只留下两枚模糊的尉印
在六十个马面的表情里
随风去想象

一心图治的勃勃王
怎么也想不到
他用夯土建筑的家园
竟养活不了一棵
平凡的向日葵
废墟的大漠中
我看到的是一个民族
凄凉的背影

藏片残瓦
大夏国的马蹄声
顷刻间在飞扬……

谷 子

只要有破土的机会
你就有了故乡
像我，对这里的一草一木
倍感亲切

成长的过程
会对这块土地心存感恩
甚至对一场小雨
能长出我要的农历

无数次地设想
锄禾日当午的画面
希望，我能身临其境
以你为榜样
向秋天，向故乡
懂得低头
懂得弯腰……

榆林颂

米脂万佛洞

把慈悲置于悬崖峭壁
我小心翼翼地拾级而上
生怕有哪块石头
会突然说起话来

有关佛的表情
伤痕累累
却淡定如初

仅仅是一次虔诚的朝拜
我的内心却装满感激
这么多的佛祖
牢牢地抱着这座石山
如此相互信任

杨剑文

榆林笔迹（组诗）

在佳县写一笔黄河

在佳县，站在山上看黄河，仿若一条遗弃的旧绸带
也仿若一根用旧的粗麻绳，抽打着秋日的太阳，滚过黄土
　　高原
有人说：黄河是时间遗落在人间的一把尺子，黄河流过就
　　是时间流过

在佳县，走近黄河看黄河，一个人偷走河边的一粒石子
一条河收藏起一个人拉长变瘦的影子……还有，丢在河边
　　的诗稿
有人说：黄河藏着一本算不清数字的账本，谁划动船桨像
　　拨动核算的算珠

在佳县，站在博物馆里看黄河，仿若翻开一本新版字典
也仿若重读一本补写加印的长篇小说

榆林颂

有人说：黄河有一言难尽的故事，每一朵浪花都是开腔讲
　述的语言

离开佳县,想起那条叫黄河的河,首先会想起那首《船夫调》
紧接着，会想起石头、泥沙、枣树与太阳
最后，会想起月光下的一行眼泪，落在地上结出一颗颗青
　涩的枣子

赤牛坬的牛、羊和驴子，还有骆驼

被人赶着上山的那些山羊，没有什么特别
像父亲圈养着的那些山羊，都喜欢水嫩的青草
清冽的河水，吃饱了总要叫上两三声，角抵着角打上一架

在舞台上假装耕地、拉车的牛，似乎也没什么特别
像传说中祖父养过的那头老黄牛，眼角渗出泪水
一次次忍住鞭子的抽打，又一次次让阳光晒干眼角的眼泪

在老井边拴着的那头骆驼，看上去也没什么特别
像一本残破的书中记录的那样，脊梁上驮着一座山
眼睛里倒映着一片沙漠，睡梦中一遍遍数着远方的地名

只有，在碾畔上转悠着的那头驴子，有一些与众不同
头上戴着绸布扎成的大红花，驴鞍上横搭着一条丝绸棉被
等待着唢呐吹起来，锣鼓敲起来，还等待着迎亲的吆喝响
　　起来

要是迎亲的吆喝响起来，要是天空中再飘下几片雪花
这样就会演活一张旧照片上的记忆，只是还少一阵西北风，
　　吹起红盖头
让人看清红盖头下的老祖母，如何将谜语般的微笑，一粒
　　一粒点种在路上

赤牛坬的那些人

据说，赤牛坬村里的那些人，还是原来的那些人
他们扛起锄头上山锄地，挽起裤腿下田浇水，端着饭碗蹲
　　在墙根下
或是站在碾畔上，就把土豆粉条烩菜，还有打平伙羊肉吞
　　进了肚里

他们依旧保持着土地一样的皮实品质，放下锄头时会把一
　　粒止疼药
还有那种叫"苦"的东西一口吞进肚里，从骨头里长出来

榆林颂

　　一股劲头
像牛一样的劲头，一点一点擦亮"生活"这只锈迹斑斑的碗

据说，赤牛坬村里的那些人，已不是原来的那些人
他们担起水桶的时候，赶着羊群上山的时候，提着黝黑的
　　送饭罐子
上山的时候，举着磨秃的扫帚打扫院子的时候，像是多了
　　另一些人的影子

还有，他们站在山峁上，抬起头望着远处的时候
扎起头巾、扯着嗓子唱出"见不上面来招一招手"的时候
都是在演绎着一场叫"生活"的情景剧……一场从生活中
　　剪辑出来的大剧

这样，赤牛坬村里的这些人，在几十年几百年几千年用旧
　　的农民称号前
还兼职有了另一份职业和另一个名号——群众演员。但是，
　　但是啊
他们对待生活的那股认真劲与自豪感，从来没有掺进一点
　　点演绎的水分

说方言的红枣与小红马

枣树，在山峁沟梁上随处可见。就像是谁对着山峁
唱出一首信天游，就为这片土地种下了一颗枣核，种下一
　　颗枣核
就能长出一棵枣树苗……于是，这片响彻信天游的山野长
　　满了枣树

枣子，挂在枝头上，在秋风里积攒着一种热烈的情绪
像一盏盏红灯笼，也像一张张红脸庞。有人说
那是兰花花脸庞上害羞的红晕，那是四妹子耳边飞起来的
　　红霞

秋风要是再浓一点，这些枣子就会格外红艳，就会额外生
　　长出一种甜
一种独特的甜，一种带着方言棱角的甜。那天，尝到一颗
　　红枣的甜
忽然想起，这些枣子独有的红，还可以用来形容一匹骏马
　　的皮毛

枣红马！枣红马！用方言一遍一遍念叨着的时候
眼前的山峁上，就奔跑开来一群小红马……大红枣，小红马

榆林颂

> 小红马啊！一定驮着时光中的一点甜，也驮着生活中的一粒"盐"

其实，只有看过这漫山遍野的枣树，才会真正明白，这些枣树
最像这片土地上那些看上去呆板木讷，甚至有几分怯懦的人
骨子里一直深藏着对土地、对时光，火一样的热爱，河一样的深情

米脂的一粒小米

米脂，小米，都像是一个人的名字，好听的音节跃动在舌尖上
美好的寓意深藏在内心里。小米，米脂，每次念出这两个词语
都像是打开了一扇时光之门，打开了一本写满故事的书

在米脂，在小米博物馆，由一粒小米看见了许多种类的小米
像是在一张脸庞上看见了另一张脸庞，像是在一滴眼泪里
看见了另一滴眼泪，像是在一滴血液里看见了另一滴血液

在一株谷穗子上，长久凝视一粒小米，仿若逆着一条大河

而上

看见了这条大河的源头，正以一滴水的模样开始流淌，开
　　始跋涉

一滴水是一粒小米的原初模样，一粒小米也是一滴水、一
　　条大河的原初模样

一滴水与一滴水，汇聚成河；一粒米与一粒米，堆积成山

在时光匆匆走过的叮咚声中，仿若听到谁发出一声浑厚的
　　喟叹

喟叹声中还叠加着一阵回音："小米啊！小米饭……把我
　　养大！"

满堂川的石头与窑洞

在满堂川，看见这些石窑洞，看见这些石头

有一股莫名的激动，有一股熟悉的亲切感

像同一支血脉走散多年的亲人，举着一本卷边的家谱在秋
　　风中相认

在这些石窑洞、石院墙前驻足，久久凝视这些石头时

猛然间，回想起祖父与父亲背起石头时压弯的脊背，把滚
　　烫的汗珠

榆林颂

把滚烫的血液，一把一把一滴一滴洒落在那条通向家的山
   路上

窑洞上的石头塌陷下来，石墙上的石头滚落下来，一块叠
   加着一块
堆积起来，像重新垒砌起来一样，远远地看上去，仿若祖
   父蹲在脑畔上
那一首刚刚散去的信天游，像立秋后的河水一样，有一种
   入骨的冰凉

这些窑洞，这些石墙，被雨水冲刷，被阳光敲打
当这些石头都沉默成一座山的时候，只要对视一眼，就会
   压疼骨头
就会压住呼吸，就会让一条石板路发出河水一样滔滔流淌
   的喘息声

写进《山海经》里的山

来看一座山，像事先约好的那样
选一个好季节，选一个好日子
一个人带着一片阳光，也带着一肚子话语

疏属山——这是一座写进《山海经》里的山，是一座有故
　　事的山
山上或山下居住的人们这样说，仿若说着村子里的一件平
　　常事
仿若与山有关的所有传说所有故事，都是昨天刚刚发生的
　　一段日常生活

只是一座山！写进书里的山也是山！山上或山下居住的人
　　们这样说
像是在说着某位亲人的故事，像是在说着一件自己的故事
也像是在说着写进史册里的那些人，最终都是一页纸一座
　　山收留了他们

面山而坐，翻开一本书
人，不说一句话。山，不问一句话。只有
穿过山谷的长风似在说：语言显得多余的时候，沉默就是
　　心音与天籁

榆林颂

杨 贺

信天游（组诗）

丰收在望

今年的雨水很懂事
庄稼一株一株顶天立地，长势喜人
乡亲们的额头格外光洁

丰收在望
高亢嘹亮的民歌又回到了乡下
饱满地绕着庄稼飞翔
风的孩子一呼百应
欢快的吆喝声响彻天宇

这个季节并不忙碌
大家都为拥着一个好心情而发福
金灿灿的喜悦爬上眉梢
笑靥，十里飘香

平常岁月

天想蓝就蓝
云想白就白
日头想笑就笑

大净如空。黄土地激情澎湃
起伏成一片黄澄澄的浩瀚的海洋
海洋里生长了诸多鱼类
它们都膘肥体壮。水草青青的岸边
有朵朵羊群流连

苍天厚土之间,寻常人家
鸡鸣狗叫的日子过得不紧不慢
无论花开花落大雁飞过
深居简出的人们依旧面目慈祥

静静的午后

立冬,陕北的天空清澈而明净
我的父亲
仍然寡言少语,一个人

榆林颂

望着白色的墙壁出神
他的单薄与疲惫
就像一头年迈的耕牛,悄无声息地
守着病

其实,我的父亲擅长农事
多少年来,在他挥汗的地头
一茬一茬的作物郁郁葱葱
而这时候,我敬爱的父亲
在人民医院的病房里
成了一株被别人经心作务的庄稼

这是一个静静的午后
阳光很好……

老 家

通往老家的路又窄又长
矮矮的母亲健步如飞
我知道母亲体内汹涌的河流源自何处
我知道它为什么滔滔不绝
紧跟在母亲身后我一路小跑

母亲的背影波光粼粼

老家是母亲的家
进了家门母亲就激动起来
母亲说，娘这辈子全部的心血
一半在你们身上
一半在这个家里
母亲的叹息吹落了窗上的蛛网
母亲无奈地拔着丛生在院里的光阴
母亲苦笑着说，家不像个家
每当踏上返途，我总是走在前面
我常常瞥见落日的背影波光粼粼

老家是母亲的一块心病
见不得风，见不得雨
每每被人问起的时候
母亲的心口就疼痛不已

笞 帚

生活在陕北乡下
简单而朴素

榆林颂

齐耳短发。一束束糜秆
被麻绳扎住
就像良家妇女紧紧勒住了裤带

只属于睡在炕头的那个男人
温顺、乖巧、谦卑
勤勤恳恳操持家务
每天为他除却满身的风尘和疲惫

即便那个人暴跳如雷、劈头盖脸
也逆来顺受。咬住嘴唇
把所有的委屈和悲苦咽进肚子里
决不出声
不让世人笑话

常在炕头发呆。回过神来
就在家里家外忙一阵子
不离故乡,不去远方
与平底儿布鞋的命运拴在一起
忙忙碌碌走完一生
被人们早早遗忘

杨献平

榆　林

西北何其广大：算得上旧地重游
我曾身处其中
落日杀伐：其血浑厚
玄黄、朱红，其地万里
旗帜卷动城墙
匈奴的马队，深陷于统万城四周的高粱
黄沙以上，蜥蜴翻身
红柳树丛的野兔
茅草笼络西风。大雁落足
沙梁之下，水洼惊叫
黄土坎上的苹果和大枣
羊咩几声，历史的月光暴晒刀兵与粮仓

榆林颂

米　脂

咦！你这婆姨，黄灿灿的身子
在黄土炕上
磨香油，剪窗纸。东家"喜鹊登枝"
俄家"金玉满堂"。圪梁上的红圪针
黄土沟里，高粱弯腰以后
一阵风来一阵土
窑洞收日月，场院堆白雪
谁站在西山顶上
谁就用白云做衣裳，谁哭得荞麦不开花
谁家的二妹子就只笑，不跟外面来的人搭腔

高西沟

那些绿：枣树、椿树、榆树、紫穗槐
柠条、小檗、黄刺玫、灯笼草
而我只看到苞谷
在九月金黄。而我只看到高粱

抱紧黄土圪梁

而我在龙头上听风

座座黄土之中，光阴的车辇飞星摘月

一层层的人

一道道的沟

而我抬头，青天流云，万古苍茫

杨家沟革命旧址纪念馆

在门前坐下，槐树提着左边的黄土圪梁

右边日光，满沟里秋天流淌

黄土以下黄土翻身

黄土以上黄土生长

洋槐树下，几个奶奶眼望对方

她们说："俄那时候还小，只记得他们都很忙。"

"俄那时候还不记事儿，那些人骑马挎枪。"

我爬到最高的场院

张目四顾，2024 年的杨家沟

依旧是红枣手握长风，黄豆蹦跳山冈

榆林颂

绥德石魂广场

这肯定是神话了,然而我爱
威武或者发萌
这是瑞兽,只对来犯者
怒吼、张牙舞爪。我在这广场上
经受石头内心
在地底,它沸腾,岩浆之后,文明的斧凿
洗身。它站立或者卧倒
在绥德,在中国内部
民间和宫阙,它朝着的方向
从来正直,从来有光,于虚无之中怒发冲冠
蹲守在善与美的门厅与庙堂

陕北小米

我就是吃这个长大的
这金黄之物
一粒粒砌垒我肉身,一颗颗建造我精神

即使身在南方

每天早晚,我还是要喝上两碗

这细密的、温润的、黏稠的、温烫的

日日滋补苍生的身心与灵魂

日落时分的榆林

杨树众多,榆木列为边墙

巨大的落日

它血红、沉重,光焰于大地表层

酝酿黑夜的疆场。曾经的鼓角,沦为入秋的草木

我在正面仰望

贴着荒地里的民房

民房之外是高粱,玉米并不忙着回到窑洞和瓦房

几只黑鸟蹲在水洼洗手

哗哗的,人间逐渐寂静

落日的轮毂,逐渐的红与黑

我点燃一根香烟

烟雾升腾,一阵风后,晚霞轰然走散

榆林颂

谷 禾

走榆林(组诗)

木头峪,黄河古渡口

一条信天游里翻滚的大河
从木头峪的榆叶上流过
日头照亮岸边的石头,妹子这厢过河了

过河你就过河吧,还拒了
机器船,一定坐羊皮筏子才过河
一定要对岸的哥哥张开了怀抱才过河

就不怕这厢的父老乡邻笑话吗
就不怕日头把你的影子留在水里吗
就不怕水底的羊羔咩咩唤你吗

哎呀混沌的大河还没清澈下来呢
哎呀醉酒的艄公还在扯呼噜呢

哎呀羊皮筏子还能自己游过去吗

要是一直不过河你唱起来吧
唱兰花花的妹子赶牲灵的哥哥
你唱起来夜就黑下来了
你唱起来木头峪四起的灯火就亮了

高西沟村，登高望远

从登高的龙头山顶
放眼四望，目之所及
尽是绿色的光芒生长——俯仰的
榆树、刺槐、沙柳、毛白杨
起伏的谷子、玉米、高粱
飒飒响秋风，红枣缀枝头
一条大河，从脚下流向远方
连绵的黄土圪梁，旧颜换新装
山路上走着兰花花的女子
谷穗挂红灯，照见她好模样儿
　"你若是我的妹子啰，你就招一招你的
那个手，哎哟你不是我那妹子啰
就用你的花样嗓子把头顶个天空唱透了……"

榆林颂

杨家沟革命旧址

这儿是黄土塬上的村庄
从千沟万壑的皱褶里,革命的曙光
把它的门楣格窗反复照亮
枪声炮火的窑洞前,也有静悄悄的黎明
有人早起看山,眺望比星空
更远的远方——哦,这世界就要亮了
左边的黄土圪梁,右边的石垛夯墙
他早起的脚步,是否惊动了枣子上的薄霜?
这儿也是队伍再出发的地方
他们离开后,一孔孔窑洞都等白了头
黄土绵延,黄土埋人
黄土陡峭,人埋黄土
杨家沟的汉子知道他们去了哪里
杨家沟的女子记得他们骑马挎枪
他们从黄土圪梁上走过,从信天游里走过
他们乘着今夜的月光打马过黄河——

米脂,小米博物馆

一粒小米

在抵达你的掌心

黄土里受孕的小米
有粟和稷的前世
它穿过博物馆正午的晦暗
抵达你的掌心
风和雨，遥远而切近

一粒小米，有黄土
的肌肤，和目光
它抵达你的掌心
像照亮黄土圪梁的阳光
养育一代代饱满的籽粒
现在，与你对视——

你面朝黄土，汗水
粒粒如小米
坠入黄土，坐井观天
你皓首仰天，泪水
粒粒如小米
蒸腾天空，结成停云

榆林颂

更多的小米
抵达掌心
你如何翻转手臂?

土里土气的小米
从石峁的堆土砌石里
长出来,闪烁的穗子
在你头顶摇曳
它用饱满和干瘪告诉你:
"我们从哪里来?
我们是谁?到哪里去?"

唱兰花花的母亲
赤裸着身体
在粟和稷的垄上走完一生
土生土长的小米
映出她们喑哑的嗓音
以及乳房里断流的黄河
儿子们碗中的米香
在秋风中弥漫了天地

一粒小米走在你头顶

一粒小米睡在你的掌心
一粒小米唱着信天游冲锋陷阵
一粒小米死去又活来

——你就从这粒小米
认识了黄土，以及
我们的昨天、今天和明天

榆林颂

狄力木拉提·泰来提

机翼下的榆林（组诗）

机翼下的榆林

缓缓降落的飞机
让满目的绿
成为托举机身的气流
水土还未流逝的云
在缓慢流淌

榆林的版图
在机翼下迅速放大
千沟万壑的高原
不知何时换了新装
我看见了她的俊容
她是黄河母亲膝下
含苞待放的少女

秋分那天
榆林接下一笔
诗歌盛宴的订单

初到佳县

东方红阁顶端的风
由北向南
吹响奔涌的南方河道
黄色水流
稀释了浪的浓度
倒让我看清
远在天边的涟漪

秦晋大峡谷
像一片青铜版图
淤积的泥土里
全都是诗词与竹简的残片
思想
是古代用于装订的丝线

正午时分

榆林颂

离开的身影背后是旷古文明
利剑出鞘
削平了岁月凹凸不平的记忆
我说不出但并非无语
那是怎样的星光灿烂
长河落日的一组套餐

高西沟风光

头一次见
纵贯古今的山谷
其实是一道绝美风光
漫山遍野的枣红叶绿
把最淳朴的黄色
藏在时光的相册里

成熟的高粱
宛如饱满的时空胶囊
脚下的梯田
一层人骨
一层黄土
龙头上听风的人

长成了耳聪目明的老榆
追赶岁月的脚步
这里是最好的起点

米脂那个地方

米脂那个地方
总让人想起
像谷穗一样丰满的女人

土炕上蜜蜡一样的方言
黏合在针脚细密的被褥里
从绥德寄来的甜言蜜语
被性情浓烈的窗花
遮挡住最甜蜜的部分
我只看到
那遍布山野的，憨厚的窑洞
还有一些昔日雪白的墙
散落在民歌的沟谷里

榆林颂

补浪河那片原野

据说,据她们说
补浪河那片原野,当年
女子民兵进驻时
一批肩负使命的树木
光荣入伍了

十四岁的小花
二十一岁的青杏
在风中眺望
黄河在她们的肺腔里改道
形成新的沟壑

毛乌素
这名字听着就让人恐惧
毛骨悚然
只在那里发生的冷战词汇
今日风吹
塞内塞外林海荡漾
浪打浪
铁锹和推车

依旧散发着土地的颜色

在时光的这边
我看到她们遥远的青春
摇曳在空旷的秋风

榆林颂

张晓雪

砍头柳

柳叶喂羊,牙齿动用了晨雾、
清风和晚霞的味道。

女子在此留影,动用了
翡色铺张高原的沟峁生活。

砍头柳绵延数十里,
飘忽的本性像虚拟的生气,
从一棵到另一棵,写成怀素草书。

细枝末节插在河岸沟畔上,
重申着夏顶酷热、冬经严寒
也不厌世的坚决。

粗壮的,多体力,将好力气赠予我们,
树皮可以用药,

橡子可以修房。

引燃况味的，折下，送别伊人，
朦胧中，一丝伤感拂过你的唇，
亦插在了我的心。

被刀凿斧砍的创口，
疤痕上再度长出新枝，
新新不已，刻画的全是自己的风骨。

是的，一棵柳树就是千树，
丝丝柳条壮心时，也有我小小的
一枝。

米脂谷穗

一串谷穗一条命，
秋风早已习惯了秋意，
以及秋意一般的事物。

榆林颂

收获的日子,每一次提及慷慨
总比报恩,更让人欣喜。

因为哺育者从不违反时间约定,
它的道德是被阳光催弯了脊背后,
完好地站在你面前,
让你不感到那份殷实的疼痛。

它的沉实是一种笨拙的优美,
以区区分量试问天下:
哪里需要用米脂谷粒之善补缺?

无米不言餐啊,小米吃到肚胀时,
小情绪会失声。

酒酿喝到饱满时气质就涌出了,
这是生长的另一种表达。

陕北民歌
——陕北民歌博物馆纪

放牧的那个唱歌，
盖房的那个也唱歌。

喊声"你在山的那一边，
我在这圪梁梁上站……"

歌声就长出了两只胳膊，
对着你以心抱心，以命抱命。

成亲的那个唱歌，
为情所困的那个也唱歌。

上天派人来磨炼人，为你
"鸡蛋壳壳点灯半炕炕明。
泪蛋蛋掉在酒杯杯里……"

——薄薄的爱在爱着你，
怨气也是好的。

榆林颂

喝酒的那个唱歌,
耕种的那个也唱歌。

唱出来的就是自个儿的了,
"走头头那个骡子,
三盏盏那个灯。
三疙瘩的石头两疙瘩砖……"
前半生要的,以及要懂的,
一首歌毕尽了。

唱不尽的,加载另一首,
回响于篱笆土坡,
亦回响于人事犬吠的,
令西北风也长出了耳朵。

佳县红枣

有枣一颗,
长在一首民歌一座高坡上。

有枣树遍野，婆娑，
稳固了村庄单薄的体温。

红透的，曝晒于中午的日照下，
叫岁月。半赤半青的被秋风
徐徐催动，叫乡思。

阴影里的，避开光，
在几次雨中烂掉了。让我们记住了
一耕人、一枝杈汗流浃背的苦。

此时，地好宽，风也很干净，
黄土地一隅，最明亮的部分
是枣天枣地，面对坎坷有力的颤动。
非光华，非异珍。祛病止痛的甘力。

为你诠释，枣之"凡且鄙"，
是最有公义的两个字。

榆林颂

石 狮

小狮子献供人间烟火,
朝着不迁的土地、不惜的年轮。

大狮子炫人以富,
或者坐于高阶之上。

不害怕的力量,
不过是穷刀斧成全了富石头。

石匠德叔满身灰尘,
疲惫的轻叹,是不是不愿承认

石狮子检视的世界,那些高低不平,
最早是从委身于自己的手臂和手指
开始的?

回人间

对于石头上的汉画，
戒律是用来打破的。
人间之混沌可以这样简化：

比如骑车田猎、往来拜谒，
衣袂飘飘的仙人，仅以缠缠的缭绕，
承受沟壑峁梁之重、鸿毛心之轻。

汉画如露天的剧情，
所有的生灵都漫无目的。
比如龙、凤，鹿、龟和舞乐百戏
是不管不顾的一群。

命自来，果自负。
展翅飞奔的，不识世态。
华丽放声的，欢愉，失控，
唤醒了十八层地狱，唤醒了
丧失。

榆林颂

相比急促的光阴、仓皇的人,
一卷汉画则不问时间,
痴迷于无方向感的时空。

多像一群无畏的荒废者,
荒废了箴言,荒废了深刻性。

噢,风伯、雨师,嫦娥、女娲。
在看见与看不见之间,
在看懂与看不懂之间,是我。

越来越像一个过于具体、偏僻的人,
需要游神魂灵产生担心,
并无限接近。

张晓润

榆林：素描与彩绘的另类表达（组诗）

白云山：手摘星辰或提月而归

手摘星辰或提月而归，都是白云山的另一种
禅房和镜台，拾级而上的人
愿意怀抱枣花和松脂，靠近草木细小的闪电
当逐级而下的风吹过，它希望所有经由的鼻孔
都将不再有绳索穿过。而所有的忏悔和宽恕
也都能如白莲寂静开合。在白云山山下
落日跌入黄河，会像铜锣纠缠飘带一样
或更像灯塔，陷入琴键的排浪
推动写满经文的牛皮纸张。擦亮日常之物
多少旧事早已狭烟雨落池，令芳菲满坡
若合白云山于洁净的手边，邮戳版的《东方红》
会是云上葭州最美的腰封。曾经的铁马金戈
今日都已兵销革偃，曾经的沙场点兵
今日都已弓藏鼓息。但万物永生

榆林颂

白云山捧出的仁慈之心，让铁葭州埋首灵光
若白云山上的云梦常在，就做一介现世的鬼谷子
于葭州城头观河，于香枣树下打坐
或给出黑羊吃草的气力，搬出波德莱尔和兰波
以诗歌的方式，持续送出坦白和热爱

木头峪：一部古村落式的电影

如果给木头峪翻个身，你会发现
它还有一个佛性的名字浮图峪。它背依大山
唇吞黄河。这唇如激丹
也将数百亩枣林吸纳其间，而枣林
是它直抵上颚的恒牙。如果一路向古
那么秦晋贸易的水旱码头，就会撑起
一方庞大的世事。而"好渡口"的美誉
也会像一方古印，钤盖住佳县的新朝与旧历
倘若古村落是一道从未消失的电波，那木头峪
就有理由相信，自己就是一部古老的电影
相信明清古民居二十七院，就是二十七张神秘面纱
相信古献殿、文昌阁，分明就是明柱抱厦
在木头峪，它的山水课里有古色香
山风轻叩柴门，山雨重锁珠帘

而它更想成为一把钥匙，一经启用
就能打开秦晋商业文化的铜锁。木头峪的前世
常有黄河水涨涨落落，常有数百峰骆驼
蜿蜒于黄土塬上。而马帮驼铃
也常常不断摇醒逆水行船的脚板。倘若
拉纤船夫的旱船小戏，还能及物及人及事
就让木头峪在自己的电影里，痛哭流涕
待泪水全无之后，任由鲜花压低肩膀

赤牛坬：民间博物馆的红炉及雪泥

石山戴土帽，胶泥夹石炮
在黄河近岸，山大沟深的赤牛坬
没有过多的可爱之物，但它有两种爱情
一种是枣树，另一种也是枣树
纠缠、奋斗，枣树在赤牛坬是有意志品质的
挣扎、蓄力、生铁，它们高举起的红色灯笼
温暖过一整个村庄的心脏。2009年的赤牛坬
和风渐次吹到草庐，仿佛春天送达的一首诗
从这一年起，破损的旧窑抽掉了拐杖
咳喘的矮墙收起了药片。如果有趣的灵魂
都能住进同一间课堂，就定会诞下最好的博物馆

榆林颂

布鞋、纺车、煤油灯、纸囤、秤砣、旱烟锅
赤牛坬给出无名的高处,这新鲜的羽毛
让旧物隐去了年龄。粗布、风箱、小人书
小人书算不上什么,但它有喇叭花般
吹向清风的约请和暗香。像飞翔的难处
害怕雷电,却又寄予它开创和引路
漫步在馆间的六十八孔窑洞,宛若走进
时间的隧道。当粗粝的民风扑面而来
赤牛坬打开的天窗,有漫天的星斗
当欢腾的音乐播撒开去,赤牛坬高举的艳阳
令屋瓦光灿。当一座陕北的布达拉宫
自觉天命巍峨,就紧紧抓住这向下扎根的力量
以泥里生活,致敬劳作的挺拔和崇高
在这座民俗博物馆面前,我想
它不在于拥有什么,而在于做了什么
这土地之上深沉的思索,给到我
蜜、糖果,红炉及雪泥

米脂小米

从一座城到另一座城,只有风可以
轻易地抵达和跨越。一个异乡人

我带不走，一座城市的血液和体征

我的行走和欢愉，只能如同一只幼鸽

但一颗小米，它能厘清一座城池的由来

一颗小米，它能带动一座城池的旋转

无数颗小米奔跑起来，就是一座城池的繁华

无数颗小米构成的粥饭，就可以喂养

一群人的夕拾与朝花。一颗小米

它小于自己，又大于或胜于自己

如果远方的乡愁近如己出，我就要在此

练习好深情的翅膀。可以不十分好看

但一旦，扑棱而来扑棱而往

就定会留下，想念的羽毛

风过杨家沟

在陕北，浩大的时代更迭

续写了边地之艰的精髓之作，而

杨家沟的横空出世，就是在褶皱的大山里

平添的一把巨大的椅子。在这把巨大的椅子上

中共中央如雄鹰飞抵：它打开河口

沿河道飞翔。它越过山林

提树木向上。它听风高坡

榆林颂

隐显乡梓气息,它气贯长虹
析辨南来北往。红色的杨家沟
以厚重勃发之姿,托鹰于陕北的蔚蓝之上
焦渴的陕北,因年轻而味长的一年零第四天
而溢满甘霖。当我把脚步逐渐缩小
从中国到陕北,从陕北到米脂
从米脂到杨家沟,那常常把翻卷的云朵
化作不绝涌浪的杨家沟,需要我
慢慢平息掉,内心的多场波澜来吟诵
在这里众星闪耀,人杰辈出
在这里春水喧哗,镏金的骨头
开成刚毅而妖娆的花朵。在这里
钉子被泥土永久擦亮,嵌入迎接战马的桩子

在石头上舞狮

石头如弈,偌大的界面
石头奔跑成另一种棋子。石头是人邻
也是小兽,是假面的一群星星在跳舞
在绥德,唯有石头可以贯通并承接起
城市和乡村的血脉和图腾。在这里
石头是几十代人,放养的星宿和羔羊

抒情时它挂在夜空,讲述时它跑满山坡
在这里,石头一如农家的麦浪
他年凿石如同耕地,今昔垒石如同稼穑
一个石头的世界,像喵星囤积的部落
又似魔兽奔跑的牧区。精美的石窑
雕花的门迎,伏于地面的石磨、石桌、石杵
阁于头顶的东汉画像,每一种元素
都是殿堂般的威仪与庄重。在石街上
形态各异的石狮,各写各的方刚和命运
各用各的玉壶盛放春秋的美酒。而每一块石头
附身于院落和墙体,又一如身家和性命

行走郝家桥

在郝家桥村,红色调查是另一种档案
它随时领受着时间的巡礼。历史
在这里是有回声的:它在泛出珍贵的珍珠
它在从咸涩的伤口泛出盐。它在把航船的马达
在心脏处燃烧,它在担负更多
来自自身的冒险。很多爱着郝家桥的人
低头忙于一间窑洞就近的草色。忙于追随
潜伏多年的昆虫。忙于看根根柴草

榆林颂

在家雀尖嘴里生成日常。郝家桥多怀温热
用五谷,喂养着一整个村庄恒久的记忆
而一株长在崖畔上的庄稼,用自己开花的样子
带领经过的人,走向磨铁的决心

补浪河:那倒立的水声

在遇到湿地和森林之前,一定会有什么
在报告沙洲横行的消息。在无垠的沙场
风,果然是最先的告密者
它抖落荒诞的部分,那混沌而迷蒙的部分
它试图挑开黄色的布幔,挑开真相和秘境
孤烟和长河,如果补浪河的女子不是一列民兵
这诗意之美,一定是温婉之美
一定是落霞带着孤鹜的图系之美。但
在女子与民兵连之间,在沙地
尚交不出蓝天和碧水之时,补浪河的女子
就不会惹赋闲的蜂花和香草。当獐子松和侧柏
站成天然的屏障,站成另一种民兵或军团
当鸟含果枝、菊开四野,我看到
岁月写下的传奇,在补浪河已站成倒立的水声

榆溪河，那豹子般的明艳

如果你途经或正好驻足于此，不妨被榆溪河
纠缠一下耳目。一个常年被青山绿水拍打的人
同身处荒原了无生机的人，笔下的自然简史
决定了不同的幸福指数。万壑树参天
千山响杜鹃，这是人心所往的宫殿和神祇
有多少时间，你能将脚步交于群山的安详
流水的从容。能有多少时间与兰花一起
能有多少时间聆听虫鸟和鸣，能有多少时间
悉心记下药粉、花语，及与自然的关系
如果时间急促且拥挤，请记下一条河的方式
它踏水而来，那明艳的部分像豹子一样生动
记住一条河，这河端有宁静的历史和草原
这河岸，有富足的蔬菜和麦田
记住一条河，就可以以一当十揽过美妙和风荷
记住一条河，继续像豹子一样生动和明艳

镇北台，那孤独的剑客

背靠青砖堆积的要塞，身后的墩台
控南北之咽喉，据险位而临下

榆林颂

像一位不动声色的将军。抽身而去的战袍不在
一地的狼烟和嘶鸣不在。镇北台
是留在现世的一个旧句,用舌底含金的寡失
守住方台无尽的秘密。登高远望
金沙托衬着蓝天,碧澄映照着水库
如果镇北台可作琴台,我想暂时放开它的烟云
暂时将秦代的蒙恬与汉代的卫青,藏于书简
我想就着红山做辅音,弹奏一曲苍茫之韵
或者积聚大漠的沧桑,升腾铁骑的踢踏之撼
或者在草木兴盛间,执念一列钢铁之师
在镇北台,或许最不能提及的是热的血
无论外扩还是上涌,都会使我们丢失天空
因为台周跳跃的大地,已足够摇晃和倾斜

红石峡,那石头般的冷梅

一阕如梦令,写了又写
我说在红石峡走一小步,都有梦游的感觉
红脂凝石、朱砂冷面,风从山腰而过
远眺周边,河水闪亮、沙丘闪亮
一切朴素的自然造化,都可能成为
跌落凡间的明亮的星辰。北方坚硬

荒原立梅。红石峡是开在壁上的一株冷香
不可采摘,亦不可把玩和入怀
它只可罗袖轻拂,只可俯身来嗅
遍地红石中有瀑飞流,如布如幔
行数步又有细沙如织盘于地表。在沙中坐
有如盘腿坐大炕的稳妥与安宁。在此
我与自然之近有如孩儿与母亲,有如
太阳与黑子。有风吹我于吊桥之上
远处赤红、近处赤白,荡漾一种明月与皓齿
静物于万籁中吐气如兰,于风声中铮铮入骨
荒原之上,寂寞无边又永无寂寞

榆林颂

陆　健

榆林之诗（组诗）

在木头峪古镇之水畔

在古镇旁
在黄河佳县段，秦晋大峡谷

长河的涌荡贯穿了诗歌的
左耳和右耳
留下些思想，于其间

碎片。残渣
和迫不得已的种种失忆
它们不屑于，却揭开了
昔日相关的重大问题

这时落日正圆——比王维的
落日还圆。丰满
如怀孕女人的肚腹

之接近临盆

它凌空砸下来
溅出艄公粗粝的号子，阵阵
号音把两岸群山推向身后
移动的悬崖。其手脚并用
命运的肩胛被勒红

他们身形缭乱。运走岁月
运走那些
被称为幸福与苦痛的货物

血块。水沫。说不出来

这时满天的星光，冷冽
汇聚在一双赌上了性命的
摇橹的手上

米脂的唢呐

米脂的婆姨在黄河边
濯身

榆林颂

但哪里的女人都不如你的洗

洗女子的哀伤，淡化幽怨
耕作的你，纺线的你
哼唱着单薄的蓝花花

水嫩的你，让男子日益伟岸
白皙的你，男人们必须献身
除了耙地，人生一世
总要做点像样的事

唢呐的铜质的声音
正是早晨和傍晚天色的黄

横竖都是它。每个音符
都带血丝，带着多巴胺
唢呐的边缘正是苍天的圆

天地的圆，与媾合
又旋回唢呐的低语
像完成了新一轮繁衍

扑面的声音，赴死般的声音
把玉米、稻黍的香味
提升到高八度，再高八度

日头，月亮烘烤熟了
这豁出命来的声响
粘连着黄土的生养，哀伤
米脂女子的梦，和腔肠

这样的美，这样的温婉
与绝对。这等待中的羞涩
有多少光阴，能配得上？

李自成行宫之宫

好端端的行宫
好端端的砖石与瓦
气派。漂亮
似乎和前途一样亮

像那天落日失重的一个句号

榆林颂

1643,一年后他的骏马
就踢踏金殿玉阶
此时的他,踌躇满志
北京景山的一棵槐树

旌旗大纛,漫卷中遮盖住
其隐隐发作的坐骨神经痛

乐楼——喜乐抑或哀乐?
梅花厅虽好,却八面临风
并非花开时节

捧圣楼,何方神圣?谁捧得住
雄心,野心,他的刀兵

二天门不是宣武门

玉皇阁,启祥殿,兆庆宫
是何征兆?虚了些
虚词那般的虚
虚无缥缈的虚
缥缈,近似于青烟一缕

依山造势,可是
登临可小天下的山?
庄严巍峨,看和谁比
布局紧凑,怕只紧凑于方寸间
宏伟壮观?无非自己的感觉
罢了

行宫之"行",历史的歇脚处
行宫之"宫","宫"字之解
在自家屋檐下说说而已

与卜寸丹行至聚仙阁下

停留。仰望。双肩端着期待
阁下,此乃聚仙阁也

可许久,不见众仙来聚

或许,神仙嫌我,老
且丑。可卜寸丹年轻貌美
红色抹额,缀着银色刺绣
这可是穿着蓝底白碎花扎染

榆林颂

的卜寸丹啊

况且楼下有百龄柳树
慈眉善目的二百年老槐树
有曹锦福院,积德乃昌的
田家宅邸、鱼山古庙、归云寺
塞上古堡,等等。这可是

一应俱全的木头峪呢
神仙,你不妨
披上大衫常回来看看

他们前来的车辇不慎爆胎?
案几上的茶点不合口味?
故而闹脾气责怪我等则个?

赳赳然,一个小小村落
四进士六举人文星麇集
还有"大峡浮屠"牌坊在侧
晋陕隔水相望的大河在侧
云淡风轻,万物其中啊

莫非神仙已来过？
莫非曲径通幽，款曲暗送
其意已达？包括典籍，密藏

卜寸丹还在望着聚仙阁
不离半步
谁都不知道她在想什么

补浪河女子民兵治沙连展览馆

她们集合在1974年春天
那时我在河南南阳插队

她们最大的二十一岁，小的十四
她们满眼黄沙，肺里
也吞进不少。扒土
不小心指甲就掉了

马鞭草和格桑花很远
大马士革玫瑰远在埃及

她们植树，樟子松，侧柏

榆林颂

给日子浇水，给所有
有根茎的植物浇水
那象征革命的坚毅，无法改变
她们的坚贞让人心疼

补浪河边，被预设的毛乌素
参观者跟拍着一幅幅照片
非虚构。勋章般浑圆的军号声
擦亮蛮荒和空旷

五十年过去。她们老去
层层叠叠的绿懂得，记忆或
忘却

黄馍馍。墨水瓶做的油灯
敞开的青春，钉子般的誓言
偷偷抹去的泪水。历史的皱纹

馆外的雕塑造型——
她们举旗，扛锹，挑担
推独轮车，铜的颜色
土地的颜色

她们的造型
踩在她们的骨头上
我们的脚
踩在时光的骨头上

红石峡中的砍头柳

怪异。渐渐淡远于黄昏雾气的是砍头柳
粗糙粗壮的身形,迸发出冲冠头发的
是砍头柳
它无须冠冕,直愣愣生长
带点狰狞,更多些峥嵘
它的柳枝当柴烧,当作
消除热疾的药。砍头柳编的柳筐
盛满土豆、红薯、黄馍馍
盛满一年年的生计
娃娃们的笑
被砍头的柳树又爆发新的枝条
更倔强、更不要命地长
陪伴了陕北人一辈辈的砍头柳

榆林颂

榆溪河

她发源于水掌泉
是土生土长的女子
她流淌,有着
母亲梳头一样的从容
蜿蜒曲折
心心念念这块泥土
红石峡,五哥放羊
乡韵窑影牵着她的衣襟
儿女们用劳动
表达对她的热爱
古老的榆林高耸起一座新城

林　珊

赤牛坬有寄（组诗）

甲辰年秋访白云山

迎接我们的，除了黄河之滨的秋风
还有风貌奇异的黄河峡谷
只是午后匆匆光阴里
那些闻名遐迩的种种，并不能
被我们一一所见
但万历皇帝朱翊钧亲颁圣旨
让白云山声名大震至今
你看啊，明清古建筑群仍在
庙宇仍在，碑碣仍在
1947年，一代伟人与四方群众
共度重阳节的千古佳话仍在
熟悉的陌生的人群中
当我们站在一株古老沧桑的
侧柏树下

榆林颂

久久凝视枝丫间流淌过的
那四百多年转瞬即逝的光阴
一只喜鹊站在檐角,发出
久违的颤音

赤牛坬有寄

我希望你和我一起,穿过曙色
来到这个村庄
来看一看这座雄伟的窑洞宫殿
来听一听粗犷豪放的陕北民歌
至于山梁上那些,迎风生长的枣树
饱满,脆甜。坚韧不可复制

我希望你和我一起,翻越山色
来到这个村庄
来走一走黄土高原的丘陵沟壑
来爬一爬高低错落的牛岭山寨
至于黄墙灰瓦,雕花窗棂,木刻剪纸
经得住岁月的尘埃和风沙

我希望你和我一起,蹚过一条河

走过一道坡
在《高高山上一头牛》的实景演出中
在一场突然降临的秋雨里
描绘他们扎根在这片黄土地的
倔强的骨骼,饱满的一生

夜游榆林古城

夜幕中的古城。曾是九边重镇
是军事城堡,是汉蒙贸易中心
六百多年后,你再去看时
它已被誉为国家历史文化名城
霓虹闪烁处,斗转星移间
烽烟尽处已在历史的
尘埃中湮灭
当你漫步走过文昌阁,万佛楼
星明楼,钟楼,凯歌楼,鼓楼
当你惊叹于这明代城池
这长城沿线唯一保存完整的
砖砌军事城垣
雀鸟归巢,月光倾城

榆林颂

秋风吹拂你
历史的云烟，弥漫开来

镇北台

终于还是来到了这里。辗转千里
来到这最为宏大、最为磅礴的
万里长城第一台
时光荏苒间，四百年光阴
转瞬即逝。如今的天空
是否仍是当年的天空
如今的城池
是否仍是当年的城池
当我寓居南方已久
我已记不清鸿雁是如何南飞
枣树是如何开花
满坡牧草是如何黄了又绿
绿了又黄
如果可以，我愿意在这里
在这里
等待隆冬的第一场雪
簌簌落下

红石峡

是榆溪河的水声,涤荡着我
整个黄昏,当我穿行在红石峡
落日浑圆,暮云飘浮
我能向你描绘的只是那些
悬崖峭壁,石窟庙宇,复道飞檐
摩崖石刻,飞流瀑布
还有一些我无法向你描绘的
在我心里盘桓已久
恰如那个黄昏的
几只灰鸽子
一动不动
落在秋天的石崖上
它们的面前
榆柳相映的榆溪河
如千百年前一样
静静地流淌

榆林颂

尚仲敏

榆　林（组诗）

高高山上一头牛

榆林的行程安排得很满
绥德广场，巨大的石狮子
口含绣球，满目吉祥
这不是重点，重点是下一个节目：《高高山上一头牛》

一个山村，未加任何修饰
一群乡亲，本色出演他们自己
蜿蜒的山路
一头牛走在最前面
我们在山脚下，高高的山上
一头牛走着，它出演一头牛
它真的像一头牛那样走着
弯腰耕作、劈柴生火的乡亲来自本村
剧本就是这样写的，导演在暗处

也许已不知去向
作为来自外地的游客，在山脚下
只有仰望，我们才能看见
高高山上一头牛

我们中的每个人，其实也在出演自己的一生
有时扮演一个人
有时扮演一头牛
只是不被仰望，或者根本就不被别人看见

深夜一点走在榆林街头

往北，再往北
陕西北部、五省交界
九曲黄河与万里长城
在这里相遇
这是富得流油的地方
我现在才来，是否太晚？

深夜一点用来睡觉，太浪费短短的行程了
从床上爬起来，深夜的榆林街头
不需要导航，每个路口都往左，最终会回到原地

榆林颂

（尽管我是一个靠右的人）
这么晚了，漫步街头，我不会小看
遇到的任何一个榆林人
也许他家里就有矿

毛主席说，要把黄河的事情办好

从先秦开始，黄河上千次决堤，数十次改道
它绝非善辈，1938年，花园口炸裂
近百万河南人被泥沙洪流吞噬，更多的人流离失所
他们都是我的老乡，是民国政府的人民

2024年9月24日，在榆林黄河"几字湾"中心
我看到的黄河，平静得像水一样
黄河怎么流？听党的

李自成行宫

几十级台阶上上下下
最高处能俯瞰米脂全貌
在自己的老家，李自成把行宫修得如此陡峭

他一定是在怕什么
吃不饱饭举旗起义,最终败于吃得太饱
金戈铁马已成云烟,在巨大的李自成铜像面前
有人问我为什么不拜大顺帝
我说我是党员

同在米脂县,同一天我也去了杨家沟
杨家沟没有行宫只有窑洞
我习惯性地看了看天
当然看不到胡宗南的战机
一个山沟改变了历史
包括你我的命运
但农民领袖李自成似乎没有改变什么

榆林颂

周文婷

狮子军团（组诗）

狮子军团

九月，晴天，绥德，诗人
当关键词一个个列队加入狮子军团
便可以确定，它们在这里率领
群山，草木，河水……等候多时

蓝天是盔甲，白云是披风
每天训练有素，威风极了
它们是黄土高坡上修行的祥瑞
成为陕北的一部分，成为慈悲的一部分

风带着大志向投靠此处
我眼睛里的草原，正在辽阔
狮子军团已开始排兵布阵
誓死效忠良善，保护一方子民

每日站在石魂广场祝贺天地开门大吉
然后欣赏自己波澜壮阔的一生

枣红了

黄土高坡的每一寸土地
喜欢研制一种勤劳的语言
把黑夜砸出一个窟窿，光从生活里爬进来

拥有着雨水一般操劳的命
寄给未来的日子一块故乡模样的石头
将一句又一句答案交给乡亲父老

上一道道坡、下一道道梁
都是一个个修行者
打开窗户重新把翅膀还给天空
用大红的枣把汗水打包，颗颗饱满

天空那么高，理想那么高
脚下的黄土记得路过的人的眼睛
一直是非虚构状态

榆林颂

去红石峡

从你的眼睛里捉走几颗星星
在风沙曾经暴行的北方,把今天打磨成
豆蔻年华的样子,让野草和碎石子打开自己
让抒情有一个容身之所

去红石峡需要找到陕北不可或缺的意象
先熟练辨识火焰的出口和入口
如果可以身上披上一块大布,写满道法自然
饮一口沙漠调制好的最烈的太阳
意志力会重新蘸着煤、气、石油
并排排站立在风声的美学之上

你会回头捡起,新鲜的姓名,羊群
还有数不胜数的孤寂——
朝着红石峡的背后喊一嗓子,喊出时间的
日常动作。逐一宣布怀念的人
偷跑出来的回声,抖落着身体里的盐块
徒留今天的北风低着头大力清洗时间

贺林蝉

在黄土高原（外一首）

我们与自己的灵魂为伴
守望这些沟壑、山川，以及整个黄土高原
并将带着它们滑向冬天
篝火藏在霜叶体内，我想点燃的
还包括爱恨，河流以及剩下的日子

唢呐吹倒的春天
在布谷鸟的舌尖复活
一声道情里，皮影走回往事深处
走成陶器般敦实的汉子
走成公子重耳，或者周祖不窋
都是我们的故人

我用了几千个身体
逐秦时明月，走过昭襄王的长城
最终，从无定河升起

榆林颂

化作无数个平凡的朝朝暮暮
等待与一个人相逢
信天游和铁鞭舞演绎的历史
像窗棂上的一刀剪纸
社火场里溢出的鼓声,刚好从绣帕上
那枚针眼里通过

鬼方戎狄,岐黄故里
子午岭托起了远古春秋
也托起了五谷、蚕桑
鞠陶、公刘在此教民稼穑时
山丹花儿乘机开满了山野、洼地
贫瘠的日月,也学会了拔节、开花
岐伯治世济民,遍尝百草
治医疗疾、调养脾胃虚寒

九曲黄河滩头,大声唱出花儿的人
喉咙里涌出黄土的腥味
初雪之后,人们走出窑洞
借着高粱酒的余香,在腰鼓声里舞起秧歌
一声秦腔,激起的漫天黄尘里
我们再次温习轩辕氏乘龙升天的传说

秋天从高原内部升起

秋天从高原内部升起，携一缕
西风在手，蘸取清露，或者河水
以泼墨的方式，赐山川万物以金黄

如果太阳再向南走远一些
长夜再寂寥一些，在时间里走失的
故人就会渐次归来
坡底种榆钱，涧头栽水柳

皱巴巴的生活，似乎只有
唢呐的欢歌才能抚平。如果人心
无法抑制地叮当作响，那就扛起锄头
抛开土地，把热情与希冀
一起种下去

擂响腰鼓，试图唤醒的除了春天
还有花朵、青山以及那些远去的年月

说书人还沉醉在他人的故事里
出将入相，引来的，无论欢喜，遗憾

榆林颂

都化作泪水或者雨珠
在无人看见的时候方才落下来

山丹花安静地站在山后,高兴的时候
开花,不开心的时候枯萎。人们熙来攘往
在高原上走来走去
忙时喊号子,闲来唱小曲

一直到头上落下树叶和雪花
才躲进窑洞,再扯下几片阴云做门帘

如今,冬天已经在长城隘口上
探头探脑。这是庸常年月里无足轻重的
一天,草木凋敝,候鸟南飞

只有天地不老。红山之巅烽烟不起
镇北台上秋色正浓,此时此地,适合怀想
远眺,适合发思古之幽情

一座黄土高台,是历史的喉结
止住了金戈铁马,刀光剑影

被写进绢帛当中的人,铁骨不朽
于史书里留下一行名姓
做了子孙万代的肝胆与豪情

榆林颂

耿 翔

榆林道上(组诗)

上郡扶苏墓

上郡晴时,蓝天安静
白云悠远,像众神一手挥出这样的天象
为扶苏守墓

几千年
上郡被他躺热了

几千年的风雨,早已从上郡这片悲壮之地
清洗净了,扶苏慷慨自刎的
一剑热血,马鞭草
多像他扔下的,那根马鞭
也生长成了,惊叹于世事的植物
被山水,高举在手里
抽打一场
权力的游戏

无定河,却波澜不惊
每天从东边流过时,总想停下来
望一眼昨夜的墓顶,又有哪一颗星落下来
陪伴扶苏,再从上郡上马
秦直道上,长城以北
一只大雁,加急送来了
青山,绿水的
请柬

以此安慰,扶苏在上郡
躺得沉重的,半生山河

沙子开花

沙子开花,多像开在某个神话里
却从人间,从榆溪河
抹去,毛乌素

毛乌素,这从天边吹来的沙漠
在此流出一条榆溪河,大地一派枯黄的身上
一脉桃花水,也流成了
一群飞鸟

榆林颂

虫子,修身的净地
活在这里,天空曾一脸灰土
人和牲畜,渴死在一粒喊水的沙子里
神也等待过,沙漠之狐
能衔来花朵

榆溪河
终于看见了神迹

看见沙子,开出安抚众神于荒漠甘泉的花朵
看见沙子,开出在云彩里游牧的花朵
也看见沙子,扬起
一根马鞭草
像驱赶一群快马,用碗大的蹄子
在毛乌素边沿,踩出葬于
身体里的
所有花朵

沙子开花,一直南下的毛乌素
也被逼迫着北上,直至
榆溪河,以青绿
抹去它

补浪河

一条河，在一片沙漠里
流失过多少水，才会对着头顶上的天空
大声喊出：补浪

毛乌素
被一群女子喊醒

毛乌素，也被它的一条河
引到一群女子骚动的身心里，那时候天苍苍
野茫茫，风吹
不见草低，也不见牛羊
遍地黄沙，都被吹到补浪河里
一群女子，被一阵
命运之风
吹来了

补浪河，也以风沙之手
粗糙地抚摸着，她们盘绕过长城的一头秀发
水声，喊住一朵可以洗脸的白云
如果从耳后，剪下的辫子

榆林颂

能像柠条
见沙就活,她们愿意
神也愿意,把自己插入毛乌素
失血太多的
心脏里

几十年后,这一群女子老了
她们的一头秀发,像被补浪河年年剪去
在毛乌素,装点
人间花神

路遥的双水村

走出陕北的路遥,又被自己
用生命,换来的文字
领回双水村

双水村,一个平凡的世界
也是路遥走后,多年不知在何处安生的灵魂
来过的地方,世事沧桑
一个村子,能为一部书里的人物
保留着,他们在此

生死的时光
一孔窑洞，一件农具
有了人性

也在生死，继续着的时光里
用每个双水村人，留在它们上面的一些声息
叙说强悍地活着，或死后的路遥
与陕北，不仅相依
并且连命
每块高天厚土，都是人间
布置给，孙家兄弟的
生死场

双水村，却用每一个生活的实景
还给路遥，那些刻凿于山
于水的，陕北往事

炕头狮子与绥德汉子

一城石狮子，一城血汉子
在绥德，日子被狮子牵引

榆林颂

我没有勇气,去亲近
那些一座山一样的石狮子
在它们面前,大地也是三百六十度的折服相
风吹草动,我喜欢一些从炕头上
闲下来的小狮子
它们拴牢着,每个男孩
一身的野性,漫长
却不去驯服

炕头狮子
这生命里的神兽

也因为与它们,小时候的厮守
一种神兽的庄严相,早已高大过种地的父母
镌刻在,他们看见石头
像看见自己的心里
炕头狮子
对于懂得崇拜的男孩,就是天下
有喜感的图腾,绥德汉子
一头转世的
狮子

他们那双捕捉,象形的手
为刻凿自己和狮子,而生

木头峪

木头峪,坐在峡谷西岸的
一个峪口上,看山峁上渗出的水
有多少,入了黄河

就是被一场大雪封住,一峪口的冰凌
悬挂在岩石上,像欲飞的冰蝴蝶
方向,也是黄河

那些石堡,那些老祠堂
都是黄河的旧相貌,隐在浮尘里
是冲上岸的,浪花

那些古戏楼,那些文昌庙
至今远望着,那些看戏读书的人
跟着黄河,出了村

归云寺里,能回来的人

榆林颂

都有名有姓,那些没有回来的
真做了云,也在天上

只有这些枣树,成了木头峪的长者
站在峪口,望向河东
是山西的山

对于黄河,木头峪很少
大声说话,在南北两条古街上
太阳,晴天都来

高西沟小记

泥不下山,在高西沟
这是一群人,手书在山峁上的
神迹

对于流过身边的黄河,陕北心里的一笔天债
就是让一路赶来的浪花,在泥沙里
失去笑声
高西沟,也是泥沙
冲刷出的深涧,有多少土地

带着日子的碎片，进入
一条大河，急促的
喘息里

如果说，身体里的骨骼
是可以移植给这片土地的，高西沟人这辈子
就像从自己身上，取出野草
取出柠条，取出树木
让它们以根须
从每一座山峁上，锁死自古跟随
天上的风雨，下山的
泥石流

因此，黄河在这里接受了
又一波清流，也接受了高西沟人
站在龙头山上，对于
天地的俯仰

感觉白云山

一朵极简的白云，因为落在
一座被水声抬高了的山上，所有事物

榆林颂

便在这里,有了
几分神秘

铁葭州
也被白云幻想着

铁葭州,能否承受
这落下来的,一朵白云之重
去问在山下,带着一路悬念转弯的黄河
它的水声里,船工的号子
也是一种,命运之签
他们没有,多余的时间去抽它
只有唱出来,雨天
便是晴天

铁葭州,把一朵白云安放在山顶
却把一座香炉,高举在一块悬空了的岩石上
一河滩的古枣树,至今开花
结果,它们才是
住在白云山下,枕着黄河入睡的人
交给水声,想要抽取
晴天,多于

雨天的日子

其实，白云山每天都在自抽着
一枚属于，铁葭州的
黄河之签

在葭州看大象化石

黄河在脚下，以簇新的水声
从不停止，生命的奔流

一头大象，一头从深时里
穿越冰川纪，走到今天的大象

应该很累了，被锁定在化石里
只剩下骨架的身体，不能卧下

那就站着，以一头大象吃草
饮水的神态，记忆远古

那水，像今天的黄河水吗
那草，像今天的黄河草吗

榆林颂

一头大象不能回答,脚下的黄河
也不能用,一朵浪花回答

或许有一天,一个神游的人
会看见我们,看不见的东西

比如一只飞鸟,一条虫子
它们的先祖,来自哪里

一条黄河,借了葭州的一座山
让一头大象,与自己对望

红石峡的鸽子

太阳也是,一只鸽子
带着红石峡,在此刻暗红的本色
落在它的左边

真正的鸽子,它们从清晨
带着刻在岩石上,每个都能顶天立地的大字
让发蓝的天空,在云朵里去朗读
没有沙子,吹来

一片旧时光
鸽子丰满的羽翼上，随时落下
一阵滋润大地，逐字洗亮
石刻的，细雨
很轻盈

此刻，落在暗红的岩石上
鸽子的夜，也从朗读开始

它们以天空的宽大，以大地没有流沙的安静
也以飞鸟，洗亮山河的目光
朗读每个，被时间
磨损过的字，它们残留在
岩石上的
深度，在烽火远去
沙漠远去的今天，代表着谁
又在向谁，发声

读着文字，壁立的红石峡
我发现真正的朗读者，是落日里
飞回来的，鸽子们

榆林颂

镇北台的风

大风在吹,大风一直在吹
在遍地烽烟被吹散之前,在那道高墙
被不会老去的,大风
吹矮之前

镇北台
一直穿着一身黄沙

镇北台,也在漫天黄沙吹来的大风里老去过
落在它的城垛上,一只远方的神鸟
衔住一块墙砖,像要为我指认
它的两面
被吹旧的一面,有黄沙
铁甲沉重的伤痕,被吹绿的一面
像有一条,印染
大地的草裙

马鞭草,也从马背上
下来,开出一地紫色

镇北台，拂去一身黄沙
在吹到天尽头的大风里，听遍野草木
带着云朵的呼啸，从身体里
穿过，因此
年轻了

再听陕北民歌

把日子唱死，把日子唱活
把日子，唱得一无所有，唱得不绝烟火
转过身去，还是你
陕北民歌

这是我
听出泪血的陕北

榆林道上，白云在头顶
神灵在头顶，被日子死活迷恋着的陕北民歌
也在头顶，走过羊群留下的长坡道
很多土黄的事物，已被草色
埋在过去，而那声
唱动天地的铁嗓子，泪嗓子

榆林颂

血嗓子，还像被
沙子硌着

榆林道上，众神没有
见过面的事物，都像拥挤出一条北上的大路
一切还在头顶，只是那一声民歌
再唱出来，穿过前胸后背
不会那么悲苦了
黄土的皱褶，也被年轻的歌者
从脸上抹去，山川漫过
嗓子，黄河的
水声亮了

再听陕北民歌，我像从疼痛的身体里
却能缓解疼痛地，突然听见
母亲的心跳

钱万成

榆林短歌（组诗）

赤牛坬

赤牛坬就是一座天然的大剧场
远处的蓝天，山峁，村庄
近处的窑洞，池塘
都是它的布景

还有塘边活了千年的老枣树
研磨过唐朝黍稷的老磨盘
弯弯曲曲的石板路
斑斑驳驳的小木船

脚穿老布鞋，头顶白云冠
老汉一嗓子吼沸黄河水
波涛滚滚浪滔天
一越过千年

榆林颂

婆姨们，桃花落去菊花艳
柳枝轻拂，台步款款
扶犁点种，纺线织布
美若天仙

还有那头老黄牛，悠闲拉磨
还有两头驴子，驮着新郎
迎新娘，锣鼓喧天
幸福满满

他们（它们）都是这出戏的主角
演古，演今，演自己，演祖先
谢幕，爬上山峁
继续耕田

他们是这片黄土地忠实的守护者
可亲，可敬，可爱，可怜

登佳县白云观

修行就是降龙伏虎，把心中的
龙和老虎关进笼子

让它们安静下来
免得兽性发作
作乱，伤人

每天晨钟暮鼓，听经悟道
一日不作，一日不食
歇者无心获者力
远离世事烦嚣
六根清净

远恶近善，反求诸己，普度众生
普天之下皆兄弟，人间万物
皆有情，头顶同一片蓝天
脚踏同一片黄土
和谐共生

殿前拱手，为黄土地上的人民祈福
年年风调雨顺，岁岁国泰民安

在貂蝉故里

米脂的婆姨绥德的汉
来到榆林都想看一看

榆林颂

驱车南行二百一十里
扶风寨住过咱毛主席

"十二月会议"定方向
新中国从这里现曙光

米脂的美食啊千千万
最香最爱还是小米饭

还有驴皮驴肉驴板肠
远近闻名那叫一个香

米脂姑娘个个赛貂蝉
可惜一个也没看见

恋恋不舍啊返回榆林
米脂啊还牵着我的魂

镇北台

大漠孤烟，黄河落日，古人笔下
何等荒凉落寞，今日登临

高楼林立，绿树成荫
一派勃勃生机

黄沙变成乌金，深藏在榆阳地下
黄河温顺地流淌，灌溉榆林
一千四百万亩良田

驼铃声声，已成为遥远的历史
高速公路纵横全境，汽车
奔驰，一片繁荣

镇北台也不用再扼住咽喉要道
南来北往的，都是兄弟朋友
一句话，一杯酒，一曲
兰花花，唱得哥哥
再也不想走

我站在台上，看大河滔滔东去
晚霞如火，映红了半个榆林城

榆林颂

陕北说书

陕北说书真好听
最好还数《刮大风》

南风吹开花千树
东风带雨雾蒙蒙

西风刮起山烂漫
谷子金黄高粱红

北风坐在雪橇上
大漠黄沙无影踪

最怕突然狂风作
飞沙走石上天空

榆林人,有气魄
敢和风沙作斗争

治沙治水同推进
山清水秀三代功

绿树成荫水环绕
再也不怕刮大风

黄河博物馆,遇见一条赶路的小蛇

不是所有的蛇,都身怀剧毒
即便身怀剧毒,也只是
为了防御

不是所有的蛇,都好战斗勇
只有遭遇到危险时
才奋力出击

不是所有的蛇,都惧怕人类
就像眼前这条赶路的幼崽
从容不迫,毫无畏惧

好像人类的小孩,睁大眼睛
东张西望,对世上的一切
都充满好奇

榆林颂

远处的山峁下,流淌着黄河
它仿佛最细的一条支流
急着去与母亲团聚

徐小泓

黄河边上,我热泪盈眶(组诗)

走过榆林古城

驼铃声音寸寸
接走历史风沙漫漫
酿成时间的酒
醉倒一季的秋

每个节点,就像思想的顿号
总是顺畅地连接
所有的一切
比如:厚重、大美、壮烈……
诸如此类
随你脱口而出

城墙的影子
穿上今日你我的甲胄
凛凛不可侵犯

榆林颂

每一个步伐
皆是惊叹

遁入
岁月的河流
金漆柱子不倒,家族的徽章依在
用我此去经年
饱满而深厚的回响
去走、去看、去抚摸

阅读一座城
犹数黄河沙

黄河边上,我热泪盈眶

我想,我适合做个歌颂者
歌颂日出日落
歌颂大地黄土
歌颂一条河的流向

时间将黄色拨转绿色
只用了一瞬

一代人,却走了很久很久

没有消逝的理想
没有密封于琥珀的晶体
没有时间的忘记
打破命定的结局
这是不完美到完美的实践者
认识这一刻,便明白了大地的秘密

"为什么我的眼里常含泪水?"
当悠远的歌谣荡起,嘹亮地
颂赞暴风雨过后的蓝天、白云
还有——
绿色覆盖之下的
黄土地

用一季丰收,亲吻大地

谷子、糜子、稻子、粟子
子字辈的腰,弯了千年
用最亲密的方式
亲吻大地

榆林颂

这是报答母亲的最近距离

坐在浪漫的海上花园
咖啡香气,蛋糕甜蜜
四季如春,转角便可遇上爱
乌托邦的王国打开大门
一眼轻易可见

但为何还在等待
等待一次云朵之间的遇见
等待黄蓝之间的期待
等待海水抵达之后
是裸露的高原胸膛
那里,是母亲的故乡

至此,我们都学会了一曲歌谣
奔腾而下

二妹妹唱的歌儿有小米香

东山上点灯,唤一声二妹妹
那梦里梦外的乡音

黄土地的女儿,山沟沟的花
穿过道道坎儿,扬起五彩线
绣出的是锦绣年华

兰花花美来兰花花香
不及二妹妹唱的歌儿
有小米香
歌声飞扬,窑洞里啊灶火暖
蓝花花的碗里
黄澄澄的小米香

走完三十里又三十里
走不出的一道道梁
走不出的一坎坎黄土
走不出高高低低的思念
走不出高高低低的一首首歌

带着二妹妹的歌儿走四方
泪花花掉进酒碗里
故乡的水,故乡的魂
走遍天涯,心心念念的还是
一碗小米香

榆林颂

用时间的怀想

大漠城不孤
落日河长流
秦砖汉瓦旧时光
而今依然在

长城墙,猎猎风
吹起我的长裙我的帽
无法立于时间之上
断头柳的新绿却能招展千年

拈花微笑,折叶为刀
是人生的 AB 面
抑或是历史的必然呈现
沉默的答案,犹如
汉朝的壁画在明在暗

在今日怀古者,亦如
在昨日逝去
旋涡与悖论,结伴而行
时间,只能用来怀想
不能判别对错

郭晓晔

唤一声榆林（组诗）

父 亲
——致高西沟小米博物馆

那些远去又拉近的五谷杂粮
在万花筒里组合变幻
我看到的终是拉犁人深埋的脸
我看到的脸上布满了
风雨刻痕，岁月刻痕，命运的刻痕
镌刻出这块土地的雕像。黄土高原托起的
这块土地
艰难跋涉的脚步
踏着滔滔而下的黄河

五谷杂粮在万花筒里组合变幻
我看到纵横的丘陵沟壑
我看到父亲缓缓直起腰身

榆林颂

抬起刻痕纵横的脸
太阳和月亮
一遍遍犁过的苍穹
叠涌起葱绿和金红的云朵
与黄河对舞,对唱
孩子们奔跑着,举着星光
期盼昨天与明天的梦想
在今夜灿烂

前世的故乡
——致《平凡的世界》拍摄地郭家沟村

不要说这不是我的故乡

当踏上这磕蹭向下的石阶陡坡
这条路遥用心血铺筑的
向上攀爬的村路
当呼吸到炊烟和枣树氤氲的气息
我仿佛回到了
我前世的故乡

伸手抚摸石块、黄土垒砌的矮墙

踮脚迈进空寂或喧闹的院落

石碾、磨盘、犁杖、匾筐都围拢过来

亲人们围拢过来，与我互问寒暖

互诉离情。窑洞屋檐下摆动的豆角蒜瓣苦菜干辣椒

细嚼着此刻的滋味

窗棂悬半月，大红喜字像岁月驳痕

我回身找寻，羞答答的树荫羞答答的她

沟那边她唱过来兰花花

忽又变调吴侬软语，啊采红菱啊采红菱

拍照、录音，手机记下这

似曾的沉溺或微醺，熟透的红枣挂满枝梢

未及品尝，就意识到永久地失去

熨帖。茫然。多么凄美的伤感！

你曾经的心动就是我此刻的心动

就像这世界上那么多浪迹天涯的游子

带着满腹乡愁

回到了前世的故乡

榆林颂

戏如人生
——致赤牛坬村原生态大型实景演出

牵着牛，扛着犁
老汉们走在爷爷走过的黄土路上
下田或是登台表演
或是沿着这条路一直走
走向铁器，走向青铜
直到走进云蒸雾绕的山海经

关于身段，心思，气氛
关于艰辛，宿命，指盼
无须装扮，无须说戏
一群走进记忆的过来人
共情和讲述从前的故事
烟锅一磕，头一歪——人生就是一出戏

汉子们在祖祖辈辈耕作的田土上
弓步拉犁，婆姨们依偎着层层叠叠的窑洞
在自家窑洞前纺线，人类最初的原生态演出
巫师祈雨庄肃而谐趣……
在这重历和沉浸的生活中

老汉和老婆儿们最抢戏的
情歌对唱,颠花轿娶亲,那个欢实、陶醉
不知是谁家做导游的后生,臊红了脸

在洞房外听墙根使坏的老光棍
像几支亢奋的唢呐
吹响了苍茫的黄土高原
吹响了蓝格莹莹的天、清格粼粼的水
吹响了1978年迎春的瑞雪,漫天飞舞

赞　美
　　——致补浪河女子民兵治沙连

毛乌素沙漠赞美你
落日大提琴演奏荒芜、苍凉的 d 小调
沙丘起伏,驼铃苦挣
即将扑来又遁去的沙尘暴陷入回忆,深沉地
赞美你

塞上绿洲赞美你
一道道防沙林带舒展开温情的臂膀
姐姐的气息,畜草和园林宽广的旋律

榆林颂

榆溪河清波粼粼，流经繁闹的市井烟火
赞美你

源远流长的黄河赞美你
架子车吱吱嘎嘎，铁锹意志铿锵
褪色老照片，不褪色的
柳笆庵子音符，冷水拌炒面的乐句
汇入岁月的长河，赞美你

厚厚一部乐谱，打开装帧朴素的封面
紫色的马鞭草喷薄泛滥，大地母亲
用你们的青春赞美你
大江南北波澜起伏的蓼子草，紫色泛滥的
地中海沿岸的薰衣草赞美你

传　说
　　——致榆林

米脂的貂蝉、兰花花
是男人入耳的传说。绥德的吕布、李自成
不单是女人爱听的传说
民歌、秧歌、唢呐和榆林小曲

高音大嗓或娓娓道来
都如高原锻造的坚韧与豪放
其本身也是传说

统万城林立的马面
见证历史沧桑的传说
镇北台高举的烽火
仍沿着万里长城传递
白云山道观，与佛寺、儒庙里
走出的传说，结伴而行
一个在此岸，一个在彼岸
一个在天地人间，引领众生
渡身、渡心、渡家国

素有小北京之称的古城
一座座楼、阁与牌坊，一个个
前额镶嵌日月的传说守望着老街
红石峡的摩崖石刻——
潮海蓬莱，大漠金汤，天开图画
一刀一笔刻下世代的念想与传说

跃上韩世忠的白鬃马

榆林颂

追逐榆林城乡的光景
或是贴着张果老倒骑毛驴做梦
即使在黎明醒来,也走不出
一步一个传说的
榆溪河五千年流淌的传说

郭新民

走马榆林（组诗）

陕北的小米

必须认识它的伟岸与高贵
陕北高原上的小米啊，曾与
太行山的小米，遥相呼应
心连着心，手挽着手
共同哺育过波澜壮阔的中国革命
让红军与八路军有足够的底气与能量
一粒米，是父老乡亲一颗心
一颗米，是高原厚土一滴血啊
谁能正视小米倔强凝聚的力量
它们联合勇敢无畏的大刀步枪
筑就一个民族高耸的脊梁
抗倭寇，平天下，坐江山
惊世骇俗，千古传奇，万古流芳

榆林颂

哦，这阳光般璀璨的精灵
这懂得弯腰躬耕的庄稼
是黄土塬上顽强拼搏的稀世珍宝
我们，决不能忽视小米的善良敦厚
拥有或饱享它，是一个
国家与民族天大的幸运
我们，必须懂得感恩小米
要铭记它用鲜血汗水凝结的功德
中国陕北的小米啊，这黄金之物
是咱高原厚土阳光灿烂的灵魂
滋补天地，哺育苍生，笑傲江湖
哦，站在塬上，我满目镀金，热泪盈眶
真的，我很想放声痛哭一场
打心眼里，给陕北小米磕一个响头

榆林羊

一方水土，养一方羊
榆林羊，活出一定知名度
它们，有头有脸，有滋有味
常常羊气冲天，登上各种沸腾的场面
是黄土塬上一道亮丽的风景

哦，那些吃羊肉喝羊汤的人

一边剔着牙缝，一边打着饱嗝

把榆林羊夸得津津乐道

他们，还是他们，任由日月挥鞭

驱赶着那些温驯善良的生命

前赴后继，视死如归

义无反顾去赴刀山火海

杨家沟的窑洞

用仰望的目光凝视，无疑

这是黄土塬上一个伟岸堡垒

有抵达辉煌的高光

有枪林弹雨的斑驳

有血肉横飞的战栗

亦有黎明时分，曙光璀璨喋血的惊喜

这些陕北淳朴敦厚的老窑洞啊

如果是眼睛，目光如炬

阅尽沧桑，笑看人间正道

如果是心脏，热血沸腾

让一个民族在昏睡中苏醒！

如果是脊梁，顶天立地

榆林颂

为苍生为百姓，撑起一片晴天
是的，如果你还有良心，就该深刻铭记，那些
曾被土窑洞呵护过的人
他们，胸怀大志，兼济苍生，纵横天下
若菩萨下凡，似神仙出关
谱写出惊世骇俗的人间佳话
我就想，大浪淘沙，黄河咆哮，蛟龙入海
数风流人物，还看咱老百姓心中的菩萨

谒白云山

远望，一条盘虬卧龙
纵横捭阖，道法自然
是黄土高原上的绝妙传奇
戏游黄河，行侠高原
夜观天象，晨启紫微
笑傲于气冲霄汉的晋陕峡谷
近观，松柏翠黛，峭壁嶙峋
仙风道骨，一任殊荣
有四百多年修行的功德
畅饮黄河水，永铸中华魂
足以闻名遐迩，足以气贯长虹

金杯银杯,不如老百姓口碑
曾有伟人怀揣初心,担当使命
为往圣继绝学,为万世开太平
天道酬德,叱咤风云
一鼓作气推翻三座大山
北风横扫落叶,大浪淘尽英雄
我今来拜谒你,不求功名,不问前程
只想沾一点点中国龙气
让我步履蹒跚的诗歌
插上自由翱翔的翅膀

绥德石工

让一些石头坚硬站立起来
让盘古沸腾的岩浆华丽转身
成为真纯善美的稀世图腾
成为让人们崇拜的偶像或吉祥之物
这是绥德人的独门手艺绝活
他们,一辈又一辈传承沿袭着
以此而镌刻生活,而骄傲自豪
高擎着华夏文明的熊熊圣火
倔强斧凿出璀璨夺目的传奇神话

榆林颂

人间有多少说不清道不明的是非曲直
世上有多少取不完用不尽的
真纯善美
那些用心血与智慧精工雕琢的石头
一旦站起来,就成为图腾、偶像或瑞兽
让一些人顶礼膜拜、匍匐仰望
有时会张牙舞爪,一口吞掉你的灵魂
许多淳朴、敦厚、善良的人
就跪拜在它的脚下,一跪不起

最虔诚的顶礼,常常让思想与精神戴上枷锁
最微薄的希冀,往往化作
冷酷无情的世态炎凉
许多冰冷的石头,转身端坐寺庭庙堂
许多汉画像石,被深深埋没于黄土之下
许多石狮瑞兽,为高原厚土看家护院
绥德人哟,千百年修炼的独门绝活
是黄土高原上一张亮丽的名片
让我五味杂陈,让我思绪万千

登上米脂龙头山

登上米脂高西沟的这座山头
倏然间，觉得有点儿眩晕
极目四顾，满目葱茏
一派庄稼丰收的喜人景象
像懂事听话的孩子，欢呼雀跃
漫山遍野弥漫着高原亘古的清纯
秋天熟了，这广袤而丰饶的态势啊
飞鸟自由放纵着肆无忌惮的翅膀
有人指着远方说，如果你幸运
会看到夕阳西下中的龙踪兽影
吞云驾雾，鳞光闪烁，璀璨夺目
你就看到，糜麻五谷欢天喜地
倔强的高粱，把脸一直红到脖颈
谦恭的谷子，纷纷低下沉思的头颅
蚂蚱、蜻蜓、秋蝉
斗胆评估着龙年秋天的成色

榆林颂

招一招手

慈眉善目的秋天,站在塬上
一棵棵京枣油枣蛤蟆枣树站在塬上
和我格外亲切地打着招呼
我站在塬上,招一招手
衣袖里溢出的惠风,紧紧
撵着落叶的脚后跟小跑
像撒欢的狗儿,像捉迷藏的猫
纵横天际、连绵起伏的山峁沟壑
幻化出撼魂动魄的丰乳肥臀

站在塬上,喊一嗓子信天游
对坝坝那个圪梁梁上
眨眼间,还真就变出个二小妹妹
赶牲灵的哥哥在圪梁梁上走
她一直在那个沟洼洼里瞭
拉不上个话话,就远远招一招手
哦,亲不够的山来,爱不够的水
黄土塬,就是亲圪蛋的亲
老黄河,踱着从容不迫的步态
更是咱爹亲娘亲的亲啊

你会看到,广袤无垠的天际
散淡的村落,袅袅的炊烟
滚动的羊群,悠然自得的马牛
认真咀嚼着璀璨蓬生的阳光
沙棘、酸刺、蓬蒿、红柳、苜蓿
这些顽强拼搏、倔强奔波的草木
都有西北人粗犷豪爽的脾性
遍地行走的高粱玉米大豆荞麦
告诉你,粮食的家族已丰收在握

哦,站在塬上,纵目凝神
美不胜收的榆林啊,变成一幅
浓淡相宜、笔墨清丽的国画山水
让人大饱眼福,使人敞开眼界
流云在风中奔走,鹰隼傲立峰头
车到山顶,招一招手
我真不想对它说:再见

榆林颂

彭惊宇

榆林诗章（组诗）

登镇北台感怀

登上宏阔崇峻的镇北台
万里长城的心脏在此勃勃跳动

台顶的风，吹起大明旌旗猎猎飞舞
那延绥巡抚涂宗浚立马城头的黄昏背影呢
那脚下款贡城中行礼揖拜的汉蒙官吏呢
那易马城商贾的杂语，贩牛揽羊的嘈音呢
一片岁月的喑哑，前朝旧事的空茫

极目四望，毛乌素沙漠远似曚昽蜃景
想象中的红碱淖，黑颊白翅的遗鸥在翻飞、翔集
关塞城垣，仿佛蜿蜒的灰蟒时隐时现
榆林，明媚中一派新美如画的家园

前已不见古人。此间此刻
谁会是那念天地之悠悠的陈子昂
但见榆林市区小学集中研学的孩童们
以班级为纵队,一拨拨敏捷如幼猿
那攀爬、抢占层台的身手,胜过榆塞铠甲守卒
这些与我们不期而遇的小小后来者
是盛开在镇北台上最鲜妍美丽的雏菊

在榆林听陕北民歌

陕北民歌博物馆,是博大精深的档案库
更是一座民歌传唱的活的殿堂

青铜的黄河浪,青铜的赤裸纤夫
在险峻的石崖上,勒背紧拉逆行的大船
《黄河船夫曲》,天地间迸出一声苍凉:
你晓得天下黄河几十几道湾哎?
几十几道湾上,几十几只船哎?
旷荡悠远,是世间受苦人永恒的歌调
更是华夏民族在那些幽暗时代的苦难腔音

在民歌博物馆,偶遇八十三岁的老大娘

榆林颂

跟在参观的人群中,不显山不显水
她唱起《东方红》,我们惊讶地为她鼓掌喝彩
她说她能唱很多很多,歇一歇再唱

我们听《走西口》《赶牲灵》
听《三十里铺》《泪蛋蛋抛在沙蒿蒿林》
听《南泥湾》,并群体大声合唱了《南泥湾》

穿印染蓝花粗布衣裳的蓝花花
实实地爱死个人的蓝花花,死活要在一搭的蓝花花
有女子在唱凄苦,有后生在唱热烈
欢迎晚宴上的男女唱得对眼又欢快
而郭家沟村窑洞前的木讷老汉,则唱出了浑浊泪水

蓝花花,放下锤、凿的中年汉子在起劲地唱
扶苏铜像前,持扇群舞的姑娘们在跟拍轻唱

沿黄公路,夕光中的秦晋大峡谷
是一川平静而开阔的铜汁河
从绥德赶回榆林城的路上
玫红的晚霞,晕染着黄土坡岭

一曲信天游萦绕天际,那是不朽的陕北民歌
让我们重返乡土醇厚情意深长的人世

榆林红石峡

你是陕北榆塞古将士
留下的风骨与衷肠

榆林红石峡,当我们穿越时光
沿着东崖西壁,仰看一块块石刻
一座座石造像,用目光深切抚摸
那些碧血丹心所凝铸的磊落诗行

铁血之肝胆,雄毅之魂魄
在尘封的岁月里,被逐一指认
被我们颔首默念,并暗自珍藏

雄镇三秦,威震九边,大漠金汤
叠映着铠甲兵戈鳞动日月
叠映着战马嘶奔,旌旗奋扬

榆林颂

振河不泄,力挽狂澜,还我河山
叠映着总兵、士卒的坚劲,莘莘学子的誓言
叠映着驱逐日寇、光复国土的壮志和力量

夕光中,红石峡晕染得
仿若一派山丹丹花圃的彤红了
深情的榆溪河在峡谷静静流淌……

看!此时此刻的红石峡
多像榆林这位新美人的妆奁

赤牛坬印象

一座堆垒窑洞的红山堡
一座朴素乡村的小布达拉宫
一座峁顶连接星空的灯火村落

赤牛坬,高高山上一头牛
那是打夯号子,纺织娘的欢歌
那是情哥哥与心上人的梁塬对唱
婚庆的双喜字儿贴门上了
红肚兜的胖婴儿在炕头啼哭了

那是村妇在池水边捶衣
老牛正碾磨石磙子下的稻谷
那是神巫般的祈雨，祭祀殁者的仪式
那是情妹妹愁断肠的《走西口》
一峰灰黄骆驼，俨然老翁在前引路

赤牛坻，红牛和灰狮在村边笑迎你
玉米的金囤下，依偎着大堆秋收的南瓜

在这里，古老的农耕文明被珍藏了
通过黍稷麦稻菽，通过碗罐盆缸缶
通过一盏盏高杆豆灯、油灯和马灯
向世人传递一种往昔的旧物和温馨

令我们蓦然止步。数万双堆积的旧鞋子
砖墙上形成向日葵或万寿菊硕大图案的旧鞋子
磨薄千层底还沾着尘泥的旧鞋子，每一双
都如此喑哑神秘，它们曾蹚过多少黄土地

绥德石魂广场随想

我曾与鲁院同期学子
顶着 2005 年春季的劲风

榆林颂

穿过卢沟桥凹凸不平的石板路
卢沟桥上数百个石狮子
在桥栏排列着，略显单薄和沧桑
甚至有几分落寞、警醒和忧悒
八百年晓月与风雨。它们曾在民族危难时刻
与拼死相守的战士们一起冲锋、呐喊

而此刻，我站在绥德石魂广场
看到了一生都不曾见过的壮丽情景
那狮柱磴道森然排列的三十四根方柱与顶狮
不是罗马柱群，而是中国气派的中流砥柱

一雄一雌，高近二十米的"天下第一双狮"
那是祖国叹为观止的崇高瑰宝
是民族浩魄，强盛与威严的象征
穆穆英雄气，在驮负的赑屃之上弥漫

巨狮腹中的石狮博物馆。图腾高柱
五谷丰登、五世同堂寓意的五面大狮石鼓
雕刻着走狮，还有凤凰、龙马、麒麟、蝙蝠、貔貅等吉祥
　　图案

狮崖。摩崖书法石刻。石城楼
石魂照壁，照出石狮的一个自由王国

佳县泥河沟古枣园

一派葱郁的沟谷村落，千年红枣王
仿佛浑身褶皱的远祖，携带后世子孙
迎立悠久岁月，和每一个慕名前来的旅人

那时，李白在那头，你在这头
望过同一轮明月，明月里有不同的故乡
那时，苏东坡举一樽豪酒酹江月
你却正把根脉向更深处延伸、滋长

数不清的年轮，黄河滩头的浑水浇灌过
毛乌素沙漠的风沙吹打过，霜雪冻害过
你依然是青铜的枝干，盘龙上扬的雄姿

龟甲兽骨般的刻痕，块块皲裂的巨鳞
金刚怒目似的瘤子，剖献肝胆后的空腹

你如此珍贵，曾是旱瘠之塬百姓的树粮

榆林颂

你如此苍老,宛若黄土塑成的沟壑梁峁
你又如此年轻,就像一曲信天游的爱情歌谣

千年古枣园,有枣神在默默护佑
那是红盖头新娘的羞涩,红肚兜婴儿的啼哭
那是陕北汉子激情飞扬的舞狮与腰鼓
那是一颗巨型红枣的塑像,屹立在佳县的高丘之上

韩万胜

红碱淖抒情（组诗）

你是我一生的追随

我不得不为你发愁　红碱淖
我所需的盐　铁和马掌
我所需的鹰　兔和遗鸥
我所需的羽　浪和镜子
正急速消失
失眠是我的常态　常常
躯体僵尸般停在床上　魂
早已游绕在你的身旁　红碱淖
你的蓝　和钢丝一样的颤抖
绝非情不自禁
你是我一生的追随　一生
放在心上的灯盏
从脚底到头颅　从皮肤到血液
甚至　千万根毛发

榆林颂

都晕眩着你的浪花

我发动了所有的时光　所有

逝去的美好与惊诧　无不是

挽留你的声音　和一串串无力的追问

落日还在燃烧　月亮瘦如铁钩

我在一个失重的世界　蹒跚……

遥望红碱淖

遥远的红碱淖　彻底拿走了我的心

拿走了　我的血脉　根

我不止一次遥望　不　一千次

一万次遥望你心旌摇荡的蓝

我在你的身边快乐了两千多个日日夜夜

摘星斗而歌　抱月亮而眠

我把尔林兔草原当作睡床

我把我　当作你的宝贝圪蛋

你的宽容　温润　美丽和强悍的风采

不只征服了我　也征服了一切歌者

每一次遥望　都是一次洗礼

从头到脚　从内到外　恍若醍醐灌顶

我不想惩罚自己　心灵是透明的

我愿紧贴着你浮肿的脸　轻轻呼唤
我的写作　也是一种呐喊
为这衰老的思维和惊悚的冷漠
欲望在一点点耗尽　又一点点偾张
我知道　我不是为我

我决定回去看你

如果我不回去看你　红碱淖
你是否会流泪
是否　围一圈风沙独自黯然神伤
车辙已远去　梦亦远去
一路久久不散的　是我
诗的节拍
常挂在嘴边的　不是蓝
不是熨铁熨过一样的水面
是你的痛　你内心深藏的忧伤
红碱淖　我不知道你的乳名
只知道你是尔林兔草原的一个闺女　不
一个铁骨铮铮的汉子
有无数的岔路　走向你
只有一条　一条

榆林颂

从心到心的路
我决定回去看你　红碱淖
我坚信　你会伏在我的肩头
默然无语

红碱淖是我的全部

红碱淖是我的全部
她头顶上的白云　她那一湖
磅礴而细腻的神秘蓝
她满湖飞跃的舟　密密麻麻翔舞的遗鸥
她那沙地上负重的骆驼　悠闲而闷骚的骏马
塞满了我的身体
满眼是她的声音　野兔撒欢的声音
长腿鸟奔跑的声音　猫头鹰巡察的声音
锦鸡求偶的声音　芦苇舞蹈的声音
梦划开湖面的声音
夕阳掉入水中挣扎的声音
月亮洗澡的声音
各种奇妙的声音在我的眼前晃来晃去
我不知道谁是红碱淖　我还是她
我已没了肉身　灵魂也丢失

日月与时光聚在湖中　　开怀豪饮
暮云苍凉　美女惊遁
成群结队的葵花士兵一样站立
啊　　我是一个多么弱小的指挥者
马鞭竟抽不落一颗漂泊的星

想去一趟红碱淖

想去一趟红碱淖
把深深的孤独　　消解
那匹骏马还在吗　　是否
踏云而去　　空留夕阳残照
那匹骆驼还在吗　　一把盐
成了它永不停息的追求
那只老母牛还在吗　　细雨中
它的张望曾让我泪流满面
那只遗鸥还在吗　　它的翅膀
被闪电击中　　它的羽翎击中了我
那个妹子还在吗　　向日葵一样的笑靥
是否幻化为尊贵的月光或低飞的尘土
想去一趟红碱淖　　用那咸咸的水
洗我的伤口

榆林颂

用那醉人的蓝
缝一件敞篷　披在岁月的肩头
不　披在沙漠的肩头
披在我的肩头　披在诗的肩头

月亮背后的红碱淖

这月亮背后的红碱淖
是否我爱人脖项上的那挂蓝宝石
一颗思想的头颅
被万千星星围剿
没有嘶喊　泪酿造酒
硕大的酒樽是透明的
盛满日月山河　盛满我
两千个夜夜生锈的梦
静　这月亮的沉默
足以让我死去　足以让我腐朽
尔林兔草原上所有的虫兽
酣然深睡
我也想假寐　甚至
把自己团缩在一枚别致的红叶下
听　黑被黑暗吞噬

听　心脏跳动的声音被黑暗消解
这月亮背后的红碱淖啊
像一尊睡佛　安详得可怕
大地的空茫　被一粒又一粒微尘填充
远去的露珠　被一个多情的男人收藏

红野淖的野花

红碱淖畔　一朵小野花
在雷声中灿放
它在一朵云下面
独自啜饮湿漉漉的芬芳
闪电划过它的暗伤
划过它懵懵懂懂的心事
它伏在湖畔　纤细的肩
一颤一颤　和着心跳与歌唱
鹰飞在天空　翅膀
铁一样紧贴着敦厚的蓝
它的花渺小而柔弱
金黄色的一点　楚楚怜动
草原是一幅巨大的油画
红碱淖　一卷撕不开的羊皮经书

榆林颂

沿着一波又一波纹路

我走近它　小而博大

精细又深不可测

宛若童年的眼睛

它被谁吻过　花粉散漫

谁又弃它而去　零乱的约

守不住一个秘密

守不住　红碱淖的马蹄

我们小心翼翼对视

我怕它　看穿我内心纷乱的雨

想写一句

想写一句　刻在红石岛上

又怕惊扰遗鸥

担心它们迷失了回家的方向

我是一个流浪诗人

怀揣着笔　火和燎原的激情

丈量着尔林兔草原

红碱淖不是昭君泪

是我前世诗歌中出走的一个意象

一个　浓得化不开的相思

谁在思念着谁　我着实

不清楚　我只知道

内心深处仿佛有岩浆要喷涌

确实无处表达　一千句一万句

也不顶一句　甚至

不顶回眸一望

一生的心事就是这湾水

——什么也不能代替

我所有的诗歌就一个主题

即使天已荒地已老淖已干

我还一句未成　那么

就立一个大大的惊叹于荒漠

我全部的爱就是尔林兔草原

我把洁白的月光盖在你身上
我摘天上的星辰
喂养你

我从成吉思汗陵而来
我是一个情王
怀揣一面镜子

榆林颂

千年如梭
一夜又太长
瞬间的吻　略显忧伤

灯是流萤　雪是泪渍
每一次分别
骨头就是燃烧的柴火

神鹰飞过　走失的人
总把残缺的爱守望
而我　总是向往圆满

我没有宫殿
没有万斛钱　我全部的爱
就是尔林兔草原

其实　我是一个缺爱的人
但我会制造土壤
见证你的绽放

影　子

红碱淖　从你身上跳过去的
都是我的影子

它们一个个水淋淋的
不知春夏秋冬　更不知
时间是旋涡

红碱淖　你教会我爱
教会我相思　唯独
没教会拷问

有时候　你满湖跳跃的光线
翻起又沉下的草木　密密的飞翔
就是我寻寻觅觅的魂灵

从太阳到月亮
从纯洁到沧桑
红碱淖　你从没有虚无

闭上眼睛　我空空的皮囊
被你吊在一棵白杨树上

榆林颂

红碱淖　你永远是我头顶上的那个唯一

我内心深处的躁动　就是你
——红碱淖　你的每一丝呼吸
都让我心潮澎湃
有时我想　成为一条小鱼
钻入你十万亩水下　翻搅
你那最隐秘的渴望
有时我想　成为一棵芦苇
为你的欢乐或痛苦颤动
甚至　一动不动盯着
藏在红石岛后那一对羞涩的红唇
红碱淖　我总是企望
有一天我能把你扛起
走遍四大洋　让海风
让雨　让更灿烂的阳光
重新组合你的基因
让你成为沙漠之王
让鲫鱼　鲢鱼　草鱼　扁鱼　鲤鱼　麦穗鱼
让骏马　骆驼　锦鸡　鸳鸯　白天鹅　狐狸
让喇叭花　翅碱蓬　牡丹　马齿苋　小丁菊　草苜蓿
让尔林兔草原上大大小小的生灵

臣服你

这就够了吗　红碱淖

我不觊觎别处的风景

你永远是我头顶上的那个唯一

榆林颂

晴朗李寒

榆林诗絮(组诗)

老城漫步

北有镇北台,南有凌霄塔,
榆溪河的清流穿城而过——
这条安详的老街,躺在厚实的古墙怀中,
也似一条穿透时光的溪流,
时而平缓,时而喧哗。
烽烟熄灭在历史的长风中,驼铃淹没于
永远年轻的天际,
千年不过是弹指一瞬,
檐角飞翘,挑起月残月圆,
风吹云涌,眼前已是一派都市的繁华。
一块块锃亮的青石上多少脚步走过,
多少人的喜怒哀乐,
像翻卷的浪花,荡漾的涟漪。
看六楼骑街:文昌高耸,万佛护佑,
月朗星明,晨钟暮鼓,凯歌高奏。

两侧是浪漫的酒吧，优雅的咖啡馆，
那些婀娜漫步的古装女子，
穿越自哪一个朝代？
令人恍然不知今夕何夕。
路灯熄了，而那些小小的门脸
依旧亮着温暖的灯火，
随便推开一扇门，
那些雕凿石头、塑造泥人的工匠，
那些剪着窗花、捏着面花的女子，
脸上绽放亲人般的微笑，
欣然展示他们祖传的手艺。

榆林煤

黄河博物馆一隅，一束强光
射在一块巨大的黑石上，
反射着黑亮的光泽——
不，这不是一块普通的顽石，
这是榆林煤，一大团
凝固的火，一颗饱含能量的星体，
从亿万年前挤压的地层中，
被挖掘出来，

榆林颂

没有送进锅炉,而是
被放到了展台上,被一束强光照耀,
腼腆,沉静。
像蹲在窑洞前裹着黑棉袄的
一位陕北老农,
你只需递上一根火柴,
他就能火焰腾腾,炽烈燃烧起来,
释放体内积蓄千万年的热度。

镇北台

长风猎猎,从西北吹来,
那是黄河流经之地,沙漠绵亘之地,
它挟带怎样的暗示?
城垛之上的旗帜剧烈抖动,
不再是惶恐的战报,而是迎接远客的狂欢。
我相信,吹过我的风,
也曾吹过那些在此戍守的将士,
吹透他们的盔甲,吹利他们的兵刃。
平民百姓谁热爱硝烟和战火?
看那片开阔之地,应是长城外
那些赶着骡马和骆驼的异域人,

来做生意的市集。
而那些将士埋藏在城墙下的遗骨,
是否会想到今日的繁华?
此时,一群欢闹的孩子爬上台阶,
这鼓荡的长风,也吹在他们
红扑扑的笑脸上。
而那高台之上的古榆树,
高台之下的砍头柳,
在夕阳的余晖中,显得那般安详从容。

民　歌

砸夯的号子从胸腔吼出来,
响亮的信天游从嘴里唱出来,
撩人的小调从心里飞出来,
只一声,黑漆漆的天就大亮了——

一眼眼窑洞醒来,升起的炊烟,
盘旋的鸽翼,被歌声擦亮。
那高高崖畔上的树,树上每一片叶子,
也被这歌声染上一层光芒。

榆林颂

唱起这曲啊,
走多黑的夜路也不怕,
听了这歌啊,
走西口多远都忘不了家。

刚听一句,
心就跟着抖颤,
听完一曲,
泪水就在眼圈里打转。

混沌的大河,像浓稠的黄米酒,
养育了多少代人。
这一曲曲飘过黄土高原的歌啊,
滋润了多少干枯的心。

绥德石狮子

在绥德,石魂广场,
两头巨大的狮子威严高踞,
耸立的图腾柱,浑圆的石鼓,
那么多神态各异的狮子,
或庄严雄武,或活泼顽皮,

一头头呼之欲出，
让我们屏住了呼吸。
我相信，这些拥有手艺的工匠，
都会一种神奇的咒语，
他们一边用凿子和刻刀，
一下下减去石头多余的部分，
一边施展魔法，从石头中呼唤出
兽中之王，森林大帝，
守门的巨灵，仙人的坐骑。
哦，还有那一只只蹲在炕头上，
拴娃娃狮子，它们是孩子的护佑天使，
是陪伴孩子一起玩耍的宠物，
呆萌可爱，憨态可掬。

红石峡

最好是秋日，冷暖适宜，
最好是午后，太阳偏西。
最好是一个人走来，
慢慢行进在晚霞落照里，
右侧的红色山崖，
又额外镀上了一层金。

榆林颂

红石峡——像一段精致的牙雕，
戍边将士的雄心，文人墨客的襟怀，
千百年的历史烟云，
都被微缩在这三百米里。
风吹雨蚀后的摩崖石刻，
少了人工的痕迹，像原有的
沟壑，孔穴，纹理，
它们本来就刻在那里。
至于那些陡仄的石阶，简陋的殿堂，
神仙的居所并非高不可攀，
一尊尊神佛，也都似乡下的老人，
亲切，慈祥。
他们端坐在这里，听榆溪河
从峡谷间蜿蜒而下，
流水飞溅，击打石头日夜喧响，
肯定不会寂寞。
何况还有夹岸的野花，林木，
随季节变换不同的色彩，何况
还会偶尔有一只雄鹰，
从河谷的上空振翅飞过。

谭五昌

用民歌擦亮翅膀的陕北（组诗）

民歌陕北

陕北非常遥远
仿佛远在天边
但被民歌唱响的陕北
离我们非常亲近
近得与我们的灵魂
成为咫尺之外的芳邻

在榆林佳县陕西黄河博物馆

黄河从天而降
在榆林佳县
流成九曲十八弯

二十世纪三四十年代

榆林颂

一位靠黄河吃饭的农民
用大河赐予的非凡灵感
创作出了《黄河船夫曲》
从此 一批批感染上黄河肤色的汉子
用河流般粗犷、浑浊、高亢的声调
唱出了黄河船夫的艰辛与倔强
这黄河流经的陕北地段
便化成惊心动魄的一段旋律

在佳县木头峪古镇

木头峪古镇
坐落于黄河中游
躺在秦晋峡谷西岸
它见证了明清以来的悠悠岁月
一座座古色古香的院落
无声诉说着这个小镇
岁月般质朴而璀璨的繁华

而在古镇的一户苗家大院里
一位网红女歌手正坐在石板上
面对着摄影机

闭上眼睛用心地演唱
她唱的调调正是陕北民歌
她个子不高
但唱歌的音调十分高亢
一下子便把木头峪古镇
唱到了一个令人瞩目的
幸福高度

在米脂县杨家沟听导游唱歌

"米脂的婆姨绥德的汉"
一句当地广为流传的俗语
把米脂女人的美丽
变成了令世界动心的一个传说

在杨家沟革命旧址
一位米脂女性导游
在几位诗人的热情鼓动下
用白马调唱起了
革命歌曲《东方红》
革命的热情与历史完美对接
而她流露的柔软的米脂口音

榆林颂

激起了诗人们对于米脂美女
无限柔情而狂热的想象

在绥德县文化馆听民歌手唱歌

米脂的婆姨美得令人神往
绥德的汉子
又用他们的帅气
将米脂的女人深深吸引

而绥德民歌手张口一唱
《三十里铺》
来自千里之外的诗人们
瞬间便被彻底征服
他们的耳朵忘记了呼吸
他们的眼睛忘记了换气
他们的心脏
瞬间忘记了跳动

参观绥德县郭家沟村影视基地

绥德县郭家沟村
在电视剧《平凡的世界》里

就是闻名遐迩的双水村
孙少平与孙少安两兄弟的故事
在平凡的世界里
显得并不平凡

在那个贫穷饥饿的年代
双水村的小伙子们
只能站在山梁上
向山沟里行走的邻家好妹子
无奈地招一招手
神思恍惚间
我猛然听得一首
《泪蛋蛋抛在沙蒿蒿林》
高亢悲怆的音调
暴露了黄土高原往昔的
苦难面貌

在陕北民歌博物馆

在这里
陕北民歌的今世前生

榆林颂

得到了清晰的勾勒与描画

在这里
陕北民歌的五十五副面孔
得到了生动、鲜明的展现

在这里
陕北民歌的一百种滋味
尽情喂养着听众的耳朵与心灵

一首《蓝花花》，唱亮了陕北的天空与大地

蓝花花是陕北最美最纯的花
蓝花花是陕北最美最纯的女儿
蓝花花就是陕北黄土高原上
蓝精灵一样美丽动人的女儿花

一首《蓝花花》
唱尽了陕北女儿的纯美可爱
唱出了陕北这片土地的神奇与迷人
一首《蓝花花》
唱亮了陕北的天空与大地

唱亮了人们情感的世界
唱出了人们心目中
对于陕北女儿无限的想象
与发自灵魂深处的热爱

榆林颂

霍竹山

榆林写意（组诗）

又听《东方红》

又听《东方红》
又听这首高亢嘹亮的民歌

这首《东方红》民歌
就像是数九寒天大地刮起的暖风
让我的父亲度过了一个个风雪之夜
也度过了租子的威逼，度过了饥饿
唱着这首民歌，父亲挺起了腰杆
牵着牛，扛着犁，迈着大步
在父亲走进属于自己的土地之后
从此走出了苦难

这首《东方红》民歌
从小滋养我长大

在《东方红》的歌声里我仰望东方
迎接那一轮冉冉升起的红太阳
我敢肯定至今我的肋骨上
都留着《东方红》歌声的温度
也留着《东方红》歌声的硬度
我才有了敢于走天下的豪气

这首《东方红》民歌
在我教儿子学唱时
小区广场的嘈杂顿时安静了下来
两只喜鹊早晨的飞翔安静了下来
几个阳光的孩子跑过来跟唱
在他们此起彼伏的"呼嗨"声中
天更蓝了草更绿了花朵更艳了
这首民歌注定要代代传唱

听着这首《东方红》的民歌
幸福就仿佛在心中安家落户

榆林颂

榆溪落日

这样一轮鲜红的落日
是新的,是我从来没感觉过的慢
现在它距离我
看上去只有几里的空旷

此刻落日静止不动
只是榆溪流淌着晚霞
但我知道落日其实是动词
它飞扬着芦花的羽毛

风中落日突然加速
溪水瞬间开始沸腾
在数也数不过来的鱼鳞镜面上
都有一轮滚烫的落日

绥　　德

一群从石头里奔跑出的狮子
或立或卧或屏息或凝视
也憨憨地笑也搔首弄姿

在一个石狮子的广场
在一个石狮子的大桥
谁说听到了石头发出的吼声

让石头的狮子守护吉祥
让石头的故事温暖窑洞
而一部石头的历史还那么鲜活

石头滚着绣球来了
石头扭着秧歌来了
在绥德石头真的会唱歌

米　脂

一直以来我不敢写米脂
就怕一写再走不出小米的深情

一直以来我也不敢写米脂婆姨
就怕一写会陷入一场永远的爱

我更不敢走进米脂
不敢走进小米不能突围的清香

榆林颂

不敢走进米脂婆姨的毛眼眼

在米脂最快乐的是眼睛
一天仿佛经历了一生
经历了三生石的美好约定